KB113899

용병들의 대지
Road of
Mercenaries

용병들의 대지 5

이모탈 퓨전 판타지 소설

초판 1쇄 찍은 날 § 2016년 10월 25일
초판 1쇄 펴낸 날 § 2016년 11월 1일

지은이 § 이모탈
펴낸이 § 서경석

편집책임 § 배경근

펴낸곳 § 도서출판 청어람
등록번호 § 제387-1999-000006호
등록일자 § 1999. 5. 31
어람번호 § 제1-2552호

주소 § 경기도 부천시 원미구 부일로 483번길 40 서경B/D 3F (우) 14640
전화 § 032-656-4452 팩스 § 032-656-4453
http://www.chungeoram.com
E-mail § chungeorambook@daum.net

ⓒ 이모탈, 2016

ISBN 979-11-04-91025-8 04810
ISBN 979-11-04-90905-4 (세트)

이모탈 퓨전 판타지 소설

FUSION FANTASTIC STORY

용병들의 대지

Road of Mercenaries

5

도서출판 청어람

용병들의 대지
Road of
Mercenaries

CONTENTS

CHAPTER 1

플랑드르로 가는 길 I

　아론은 연무장의 중앙으로 나섰다. 그의 손에는 어느새 양손대검이 들려 있었다. 그리고 그의 앞으로 한 명의 장로가 걸음을 옮겼다.

　"7원로 필리페 아란테스다."

　"임페리움 용병대의 대장 아론."

　여느 대련과 다르지 않은 대화였다. 하지만 아란테스 7원로는 이것마저도 기분 나빠하는 것 같았다. 천하디천한 용병과 자신이 겨뤄야 한다는 것이 마음에 들지 않은 탓일 게다. 그는 확실하게 다짐했다.

'다시는 두 다리로 서 있을 수 없게 만들어주마.'

그는 살의를 다졌다.

이것이 분명 대련이라는 요식행위이기는 했지만 진검으로 하는 대련인 만큼 언제 불상사가 일어날지는 아무도 모를 일이다. 설사 대련 중 부상을 입는다 할지라도 그것은 당사자들 간의 일이지 그 이상으로 책임을 전가할 수는 없었다.

"용병답게 크고 무거운 무기를 선호하는구나."

그것은 비웃음이었다.

하지만 아론은 그에 전혀 동요하지 않았다. 그런 아론의 모습에 아란테스 7원로는 눈살을 찌푸렸다.

'천하기는 해도 한 용병대를 이끄는 수장이라는 건가?'

그런 생각을 하면서 그는 허리춤에 둘러진 연검을 뽑아 들었다.

스르르릉!

손잡이를 제외하고는 그저 천처럼 흐물흐물한 연검이 길게 뽑혀져 나와 바닥에 힘없이 늘어졌다.

"선수를 양보하지."

"후회할 텐데?"

아론은 결코 그에게 높임말을 사용하지 않았다. 그가 플람베르 가문의 7원로라고는 하지만 자신은 8백여 명의 용병을 이끄는 용병대장이다. 객관적인 지위만 봐서는 자신이 절대 밀리지 않았다.

물론 사회적인 인식은 절대 그렇지 않겠지만 말이다.

"후회? 용병 따위에 후회할 정도의 실력은 아니다."

"그런가? 그럼 어디 한번 두고 보지."

아론은 양손대검을 늘어뜨리고 비스듬하게 섰다. 그때까지도 아란테스 7원로는 아무런 행동도 하지 않고 있었다.

7원로 아란테스.

비록 열 명의 원로 중 일곱 번째이기는 하지만 그 역시 마스터 중급에 이르는 실력자였다. 그런 자신이 아무리 대단한 용병대의 대장이라고는 하나 질 것이라고는 생각지 않았다. 긴장할 필요성조차도 느끼지 못한 그다.

파앙!

그 순간 아론의 신형이 사라졌고, 아란테스 7원로의 눈이 커졌다. 아론의 신형을 놓친 것이다. 그리고 그 순간.

"크허억!"

아란테스 7원로는 허리를 접으며 상상조차 할 수 없는 충격으로 비틀거리며 뒷걸음질할 수밖에 없었다. 그는 일격때문에 뒤로 물러나면서도 아론의 신형을 찾았고, 아주 잠깐 아론의 눈동자와 시선이 부딪쳤다.

짜르르르!

번개와 같은 것이 척추를 타고 흘렀다. 아란테스 7원로는 아론의 시선과 부딪치자 그것이 바로 포식자에 대한 두려움이 라는 것을 느낄 수 있었다. 자신이 상대를 같잖은 놈으로 평 가하고 있듯이 상대 또한 자신을 같잖게 생각하고 있었다.

다만 상대를 대하는 태도는 달랐다.

자신은 무시했고 그는 최선을 다했다. 아무리 허약한 이라 할지라도 먹이 앞에서는 절대로 방심할 수 없는 법. 그런데 자 신은 방심하고 무시했다. 그리고 그 결과가 방금 전과 같이 드러났다.

파라라락!

인상을 잔뜩 찌푸린 아란테스 7원로는 자신의 연검에 마나 를 불어넣었다. 마치 코브라처럼 빳빳하게 고개를 쳐드는 아 란테스 7원로의 검. 연검 전체가 빳빳하게 고개를 쳐든 것은 아니었다. 필요한 부분에만 마나가 집중되어 상대의 요혈을 노리게끔 되어 있다.

푸슈슈슛!

눈에 보이지도 않을 정도로 빠른 속도로 연검이 그 날카로 운 혓바닥을 놀렸다.

따다다다당!

하나 아론은 양손대검을 휘둘러 검면으로 아주 가볍게 연 검의 공격을 막아냈다. 그러면서도 기이하게 스텝을 밟아 회 전했다. 아란테스 7원로는 양손대검의 간격을 허용치 않았다.

오로지 연검의 간격만을 허용했다.

그가 원치 않는다면 절대 그의 간격 안으로 들어갈 수 없으리라. 모두의 생각이 그러했다. 하나 그 와중에도 단 두 명만은 이미 이 대련의 결과가 기울어졌다는 것을 알고 있었다.

'쯧쯧, 오거는 토끼 한 마리를 잡더라도 최선을 다하거늘.'

'아론이 그래도 조금은 살살 하는구만. 나 같았으면 볼따구를 쥐어 팼을 텐데.'

평소 아론과 대련을 많이 한 길버트는 그가 지금 아란테스 7원로를 가지고 놀고 있다는 것을 알고 있었다. 하지만 정작 아란테스 7원로는 그것을 모르는 것 같았다. 그는 단 한 번의 공방에 퍼뜩 정신을 차리고 전력을 투사하고 있기 때문이다.

'7원로가 전력을?'

'방심해서 당한 것이 아니란 말인가?'

하나 원로들은 그리 생각하지 않고 있었다. 지금의 상황에 대해 섣부르게 판단할 수 없었다. 분명한 것은 어느 순간 7원로의 기세가 변했다는 것만을 느끼고 있었다. 애초에 용병대장 따위에 패하리라고는 생각조차 하지 않았다.

아니, 오히려 저 건방진 용병대장에게 따끔한 훈계를 내릴 것이라 생각했다. 그들이 말한 훈계라는 것이 일반적인 훈계가 아니라 어디 하나 사라지는 말도 안 되는 훈계였지만 말이다. 그들이 그렇게 상황을 의아하게 판단하고 있을 때 다시 아론과 7원로가 부딪쳤다.

아론의 대검이 쭉 뻗어 나갔다. 그의 대검에도 오러 블레이드가 솟아나 있었다. 크고 아름다운 오러 블레이드. 도저히 소드 마스터의 오러 블레이드라고는 상상조차 할 수 없을 정도의 거대한 오러 블레이드.

그의 오러 블레이드는 보통의 검보다 더 깔끔한 느낌에다가 거의 두 배에 가까운 길이를 자랑하며 7원로의 검을 압도하고 있었다.

누군가는 이런 말을 한다.

부드러움이 강함을 제어한다고 말이다.

하지만 그것은 부드러움과 강함이 동등하거나 부드러움이 강함을 압도했을 때의 얘기이다. 지금 아론이 펼친 일직선의 오러 블레이드는 절대적인 강함이었다. 아란테스 7원로가 전력을 투사한 연검의 오러 블레이드를 압살하고 있었다.

쩌정.

"크흡!"

마치 파도처럼 밀려오는 아론의 기세에 7원로는 비명을 삼켜야만 했다. 입안으로 비릿한 피 냄새가 확 퍼졌다.

'도대체 어떻게…….'

하지만 그의 생각은 더 이상 이어질 수 없었다. 거대한 오러 블레이드가 아란테스 7원로의 연검을 산산조각 내는 그 순간, 아론은 양손대검을 교차해 양손대검의 손잡이 끝부분으로 아란테스 7원로의 복부를 가격했다.

"컥!"

단발마를 터뜨리며 그대로 굳어진 아란테스 7원로.

주륵!

그의 입가로 검붉은 핏물이 느릿하게 흘러내렸다. 그런 아란테스 7원로를 툭 밀어버리는 아론. 순간 원로들의 얼굴이 찌푸려졌다. 저게 무슨 말도 안 되는 건방진 태도인가? 대련 상대를 저따위로 대하다니.

"네 이노오옴!"

그때 노선은 다르지만 평소 아란테스 7원로와 친분을 가지고 있던 스티브 비스핑 5원로가 노호성을 터뜨리고 앞으로 나서며 검을 휘둘렀다. 자신을 소개하거나 하는 요식 행위 따위는 없었다.

"내 너의 방자함을 벌하고 말리라!"

쿠르르릉!

그의 검에서 천둥이 치면서 수십 줄기의 화염 다발이 아론을 향해 쇄도했다. 그는 다짜고짜 자신의 절기를 펼쳐 든 것이다. 상대를 반드시 죽이고자 하는 살기를 머금고 있었다. 하나 아론은 슬쩍 뒤로 물러나면서 대검을 아래에서 위로 그어 올렸다.

단지 그어 올렸을 뿐인데, 화염 다발로 이뤄진 오러 블레이드가 형체도 없이 사라지며 사방으로 터져 나갔다.

콰앙~ 콰콰쾅!

오러 블레이드가 터져 나가면서 연무장이 진저리를 치는 듯한 진동이 일어났다. 원로들은 황급히 자리를 피할 수밖에 없었다. 플람베르 가주와 길버트는 자신의 주위로 오러 맴브레인을 둘러 그저 지켜보고 있을 뿐이다.

원로들은 황급히 자리를 피하면서 그런 둘을 보고 안색을 굳힐 수밖에 없었다.

'더 강해졌다.'

'설마……?'

'대공자가 그레이트 마스터에 올랐던가?'

'우릴 속인 것인가?'

그들은 자신들이 속았다고 생각했다. 대공자가 실력이 높아봐야 최상급 정도라고 생각했다. 그런데 이건 도대체 뭔가? 소드 마스터의 전유물이 오러 블레이드라고 하면 그레이트 마스터의 전유물은 오러 서클릿과 오러 맴브레인이다.

가주와 함께 같은 자리에 있는 대공자는 분명 오러 맴브레인을 시전하고 있었다. 원로들은 어금니를 꽉 깨물 수밖에 없었다. 또한 지금 7원로를 인사불성으로 만든 용병은 비스핑 5원로조차 몰아붙이고 있었다.

하지만 그들은 아론을 결코 자신들의 위로 보지 않았다. 아론은 지금 딱 그들의 수준으로 힘을 내고 있었기 때문이다. 거기에다 동등한 실력이라면 얼마나 실전을 겪었느냐가 그 우세를 판가름할 수밖에 없다.

원로들은 가문의 큰 어른이기는 했다. 하지만 중요한 것은 그들은 오랫동안 대련을 하고 수련을 하기는 했지만 목숨을 걸고 싸우지는 않았다. 검에 피를 묻히고, 묻히지 않고의 차이는 여실히 드러날 수밖에 없었다.

그리고 그것을 증명이라도 하듯이 비스핑 5원로는 아론의 무지막지한 공격을 막아내는 것만으로 정신이 없었다. 아론의 공격은 어떤 기교조차 없었다. 원래 양손대검이라는 무기가 중병기다. 중병기라 함은 기교보다는 힘에 의존한다는 것을 의미한다.

그리고 비스핑 5원로는 세검을 자신의 무기로 삼고 있었다. 기교의 정점에 선 것이 비스핑 5원로의 세검이었다. 그런데 아론은 투박하리만치 무식하게 양손대검을 휘두르고 있었다.

콰아앙!

"크윽!"

손아귀가 찢어질 것 같은 통증이 밀려왔다. 자신의 들고 있는 세검이 짜르르 울리며 뼛속까지 울리는 시큰함이 전해져왔다. 하지만 아론의 공격은 거기에서 끝나지 않았다. 위에서 내려치고, 좌에서 우로, 우에서 좌로, 혹은 사선으로 베어지고 찌르고 들어왔다.

비스핑 5원로는 정신없이 세검을 놀려 아론의 대검을 막아내거나 피했다. 하지만 그것도 그리 오래가지는 못했다.

"허억! 후욱!"

그는 점점 지쳐가고 있었다. 아론이 공격해 올 때마다 그의 뼛속까지 건드리는 시큰함에 정신이 없었고, 아론의 빈틈을 노려 공격해 들어가도 반동되어 오는 힘이 만만치 않아 내부로부터 서서히 무너지고 이었다.

비스핑 5원로는 지치고 피곤한 표정으로 아론을 바라보았는데, 아론의 표정은 처음과 별반 달라지지 않았다. 심지어는 아란테스 7원로와 처음 대적할 때와 똑같은 얼굴이었다. 숨도 거칠어지지 않고 땀조차 흐르지 않았다.

대치한 상태에서 비스핑 5원로의 시선이 아론이 쥐고 있는 대검을 바라봤다. 오러 블레이드가 시전되어 있지 않았다. 그 반면에 자신의 세검에는 여전히 강맹한 오러 블레이드가 시전되어 있었다.

그러함에도 자신이 밀리고 있었다. 도대체 어떻게 된 일인지 모를 일이다. 다만 추측하자면.

'그는 검끼리 부딪치는 그 짧은 순간에만 검에 마나를 시전한다.'

그렇게 생각할 뿐이다.

하지만 그것은 참으로 힘든 일이다. 마나를 다룸에 있어 마법사만큼이나 세밀하고 부드럽게 다루지 않는 한은 어려운 일이다. 기사의 마나는 기본적으로 억세고 난폭하다. 그런데 마법사만큼 세밀할 수 없지 않은가?

그래서 더 의문이 들었다.

꾸욱!

어쨌건 이제는 끝을 내야 했다. 하지만 두려웠다. 자신이 패배할까 두려웠고, 사람들의 입에 오르내릴까 두려웠다. 가주는 절대 지금의 상황을 함구하고 있지 않을 것이다. 평소 편을 갈라 대립하는 것을 지극히 싫어하던 가주이다.

그래도 원로라는 것은 가문의 큰 어른이지 않은가? 그래서 실력이 달림에도 불구하고 그들을 존중해 줬다. 하지만 지금처럼 가주 자신이 행하는 일에 반대할 경우 자신들을 큰 어른 대접을 해줄 리가 만무하다.

'나라면 그렇게 하겠지.'

그것은 분명했다.

"후욱!"

길게 한숨을 내쉰 비스핑 5원로가 세검을 흔들었다.

후우웅!

세검에 어울리지 않은 무거운 소음이 터졌다. 그리고 그의 세검이 점점 분리되기 시작했다. 한 개가 두 개가 되고, 두 개가 네 개가 되었다. 그렇게 불어난 비스핑 5원로의 세검은 마침내 백 개가 되어서야 끝을 맺었다.

"허어~ 그가 작정을 한 것인가?"

"화염 백검을 시전하다니……."

말 그대로 백 개의 검이다. 그 백 개의 검이 환상처럼 아론을 향해 쇄도했다. 극에 이른 일루전 소드. 보통의 기사라면 그 백 개의 일루전 소드에 취해 제대로 반격조차 하지 못했을 것이다.

하나 아론은 일반적인 보통의 기사가 아니었다. 백전노장이었으며, 백 개의 환영을 꿰뚫어볼 수 있는 눈을 가지고 있었다. 그것도 아주 어렵지 않게 말이다. 공간을 다루는 그에게 있어 백 개의 환영은 그저 아무짝에도 쓸모없는 것이다. 백 개의 검이 모두 실제라면 모를까 말이다. 아론은 그저 자신의 심장 어림으로 쇄도해 오는 진검의 끝을 향해서 대검을 쭈욱 내밀 뿐이었다. 그에 비스핑 5원로는 놀라지 않을 수 없었다.

일루전 소드가 무서운 점은 백 개의 환영이 아니라 그 환영이 자신을 갈기갈기 찢어놓을 것이라는 공포에 있었다. 아무리 검을 들고 수련을 하는 기사라 할지라도 결코 눈을 감지 않은 한 보이는 것을 무시할 수는 없다.

그런데 아론은 그것을 행했다. 보이는 것을 무시하고 오로지 일점으로 찔러 들어오고 있었다. 그리고 아론의 대검 끝과 비스핑 5원로가 가진 세검의 끝이 부딪쳤다.

쫘아아악!

세검이 정확하게 두 갈래로 갈라졌다. 세검의 끝을 맞추기도 힘들거늘, 아론은 그 힘든 걸 정확하게 반으로 가르고 있었다. 그와 함께 세검이 두른 자신의 마나 역시 갈라지고 있었다.

촤아악!

그리고 아론의 어슷하게 잘린 대검의 날카로운 끝이 비스핑 5원로의 목젖 바로 앞에서 섰다.

"꾸울꺽!"

비스핑 5원로는 목젖에서 꿀꺽하는 소리가 울릴 정도로 크게 마른침을 삼켰다.

'완벽한 패배다.'

그는 눈을 감아버렸다. 차마 자신의 입으로 패배했다는 말을 할 수가 없어서였다. 하지만 해야만 했다. 아론이 든 대검 끝이 목젖을 찌르고 들어왔기 때문이다. 따끔함이 느껴지고, 대검 끝이 피부를 뚫고 들어오고 있었다.

"졌… 소."

처음의 기세등등하던 표정은 어디로 갔는지 초췌하고 갈라진 목소리로 패배를 인정하는 비스핑 5원로. 아론은 양손대검을 거두고 원로들을 둘러보았다. 그 누구도 아론과 눈을 마주치려 하지 않았다.

"없나?"

그들은 뒤늦게 깨달은 사실이 있었다. 호기롭게 나서기는 했지만 이 대련은 싸워서 이겨도 본전이고, 지면 개망신이라는 것을 말이다. 그러니 대련을 할 이유가 없었다.

짝짝짝!

그때 그런 원로들의 심정을 비웃기라도 하듯 박수 소리가 들려왔다. 그들이 시선을 돌리니 바로 가주였다. 그들의 얼굴이 일그러질 대로 일그러졌다.

"허허허, 실로 기대 이상이로군. 그렇지 않소? 이런 실력을 가진 이가 플랑드르를 맡아준다면 그 누가 플랑드르를 침입할 수 있겠소?"

"허나 전쟁은 홀로 하는 것이 아닙니다."

"물론 그렇소. 하지만 우리가 왕국의 군대가 아닌 이상 수만 명이 한데 어울릴 싸움은 없지 않겠소. 그러나 알고 계신 분들은 알고 계시겠지만 임페리움 용병대장은 전쟁 용병으로 20년을 넘게 생활했소. 어쩌면 우리보다 대규모의 전쟁에 더 적합할지 모를 일이오."

"그건……."

할 말이 없었다.

무력도 뛰어나고 대규모의 전쟁까지 경험했다. 물고 늘어진다면야 그의 경영 능력을 물고 늘어지겠지만 아란테스 7원로와 비스핑 5원로가 패한 지금 그것을 물고 늘어진다는 것은 그들의 자존심이 허락지 않았다.

"자아~ 그럼 이제 길버트의 시험만 남았구려."

플람베르 가주가 입을 열었다.

"아, 아니, 되었습니다. 어찌 감히 저희들이 가주의 고유 권한에 제동을 걸 수 있겠습니까? 인정하겠습니다."

"오~ 그래요? 그래도……."

"이미 충분히 보았습니다."

충분히 보았다는 것은 바로 7원로와의 대련에서 전혀 피하지 않고 오러 맴브레인을 펼친 그의 모습을 보았기 때문일 것이다. 그에 플람베르 가주는 흡족한 미소를 떠올렸다.

"그렇다면 모두 길버트를 소가주로 인정하는 것이오?"

"물론입니다."

"그렇구려. 그럼 이만 나갑시다."

플람베르 가주가 걸음을 옮겼고, 그 뒤에 길버트와 아론이 섰다. 그들과는 별개로 멀찍이 떨어져 초췌한 얼굴을 한 원로들이 따랐다. 길버트는 그런 원로들은 신경도 쓰지 않고 아론에게 물었다.

"맞춰준 건가?"

"그래도 원로니까."

"하긴 원로들이 나이가 있긴 하지. 그래도 기사들인데 너무 살살한 것 아닌가?"

"더 힘을 줬다가는 쓰러질 것 같아서."

"온실 속의 화초란 말이지?"

"수련은 매일 했겠지. 하지만 검에 피를 묻힌 지가 얼마나 될까? 실전을 경험해 본 지 오래된 자는 아무리 강해도 기세에서나 감각에서나 밀릴 수밖에 없네. 더군다나 자네에게 듣기로 원로들은 최근 검이 아닌 다른 곳에 정신이 팔려 있다고 하니 당연한 결과이지 않을까 하네."

"옳은 말이네. 그래도 가문의 큰 어른들이신데. 쯧!"

혀를 차며 담담하게 대화를 주고받는 아론과 길버트. 나직하게 대화를 주고받는다고는 하나 그 둘의 목소리가 플람베르 가주나 원로들에게 들리지 않을 리 없었다. 아론에게 패했다고는 하나 아홉 명의 원로는 플람베르 가문의 마스터들이다.

그들의 대화를 들은 원로들은 심각하게 일그러질 수밖에 없었다. 하지만 뭐라 할 말은 없었다. 아론은 순수하게 대련을 했다. 하지만 그와 대련을 한 아란테스 7원로와 비스핑 5원로는 살기를 내뿜었다.

명백한 차이와 간극이 존재했다. 그래서 그들은 얼굴을 일그러뜨리면서도 감히 함부로 입을 열지 못했다. 패자는 입이 있어도 말을 하지 않는 법이니까. 패했다는 그 자체는 절대 변하지 않는 사실이기 때문이다.

"그런데 자신 있나?"

"뭐가 말인가?"

"플랑드르를 운영할 자신 말이네."

"설마 진정으로 나에게 플랑드르를 맡으라는 말인가?"

"그럼?"

"나는 용병대의 대장이다. 기사가 아니지. 아무리 실력으로 찍어 누른다고 하지만 한 손으로 열 손을 감당할 수는 없는 법. 병무령이면 되었네."

"허면?"

"행정관이 있어야 할 것이네."

"그렇게 되면 자네가 운신하기 힘들 터인데?"

"사사건건 발을 걸고 들면 병무령을 그만두면 되지."

별로 신경 안 쓴다는 듯이 말하는 아론. 그의 말을 들은 플람베르 가주는 걸음을 멈추고 아론을 뚫어지게 바라봤다.

"그 말, 진심인가?"

"진심입니다."

"훗, 정치를 아는군."

"글쎄요. 이것을 정치라고 하는지는 모르겠습니다만 기사들의 자존심이란 그리 가볍지 않다는 것 정도는 압니다."

"그렇지. 개도 안 물어갈 자존심 때문에 스스로를 망치는 기사들이지."

"그러는 가주님도 기사이지 않습니까?"

"다르다고는 하지 않겠네. 하지만 기사라는 것에 얽매어 판단을 제대로 하지 못하지는 않네."

"허례허식을 싫어하신다는 말씀입니까?"

"말이 그렇게 들렸나 보군."

"이상합니다. 길버트에게 듣기로 가주님은 거의 완고한 철벽으로 알고 있는데 말입니다."

아론의 말에 길버트를 바라보는 플람베르 가주. 가주의 시선을 받은 길버트는 헛기침을 하며 입을 열었다.

"험험, 사람은 변하는 법이지."

"그런가? 어쨌든 행정관을 파견해 주시기 바랍니다."

"정령 총령이 싫은가?"

"기사에게는 기사가 가야 할 길이 있고 용병은 용병이 가야 할 길이 있습니다. 친구의 일이기에 잠시 몸을 담은 것뿐, 권력을 휘두르기는 싫습니다."

"꽤나 냉정하군. 그런데 일단 선언을 했으니……."

난감한 표정을 지어 보이는 플람베르 가주. 가주의 명은 절대적이다. 그런데 그런 가주의 명을 철회한다? 이것은 플람베르 가문의 근간을 흔드는 것과 다르지 않았다. 가주의 명은 지켜져야만 했다.

"명목상으로 해두면 되잖습니까."

길버트가 슬쩍 나섰다.

"명목상이라……. 그것도 괜찮군. 파견 행정관으로 누가 좋겠나?"

"아무래도 아버지께 우호적인 1장로님이 좋을 듯싶습니다."

"그것도 괜찮겠군."

그러면서 고개를 돌려 아론을 바라보는 플람베르 가주.

"됐나?"

"됐습니다."

"여러모로 힘들게 하는군."

썩 기분이 좋지 않은 듯한 표정의 플람베르 가주. 하지만 아론 역시 물러날 생각이 없었다.

"20년 넘는 동안 전장에서 겪은 경험은 결코 기사들의 위에 서지 말라는 것입니다. 겉으로 인정하는 것과 진심으로 인정하는 것은 다릅니다. 아무리 기사가 무력에 의해 고개를 숙인다고 하지만 아직까지 기사들에게 용병은 용납할 수 없는 존재입니다."

"그런가? 역시 어울릴 수는 없는 법인가?"

"어울리기에는 너무 오래되고, 또한 멀리 오지 않았습니까?"

"그렇긴 하지. 역대로 용병들이 세력화하는 것을 가장 극렬하게 반대한 것은 기사들이니 말이야."

"그렇기에 그 앙금을 털어내기에는 시간이 너무 촉박합니다."

"그렇군. 그리고 그 외 나에게 하고 싶은 말이 있나?"

"전쟁을 준비하셔야 할 겁니다."

"전쟁?"

아론의 말에 원로들이나 플람베르 가주, 그리고 길버트 역시 눈을 크게 뜨고 아론을 바라봤다.

"그게… 무슨 말인가?"

"설마 칼뤼베이우스 가문이 그대로 물러날 것이라고 생각한 겁니까?"

"그건……."

"더 큰 세력으로 다가올 겁니다. 또한 내부 상황을 보니 힘의 대결이 팽팽하게 펼쳐지고 있더군요."

"그것은……."

바로 후계를 둘러싼 줄서기를 두고 한 말이다. 그 말인즉슨 아직 플람베르 가문은 전쟁을 할 준비가 되어 있지 않다는 것을 의미했다. 힘이 분산된 상태에서 전쟁을 치를 수는 없는 법이다.

"그리고 결정적으로 에퀘스의 성역에 있는 일곱 좌는 너무 오랫동안 평화로웠습니다."

"…그렇군. 너무 평화로웠군."

무려 2백 년이다.

2백 년 동안 다툼이 없었다. 친하지도, 무관심하지도 않았으며 힘의 권력 구도를 가지고 있는 일곱 개의 좌가 평화를 유지하고 있었다. 그들은 알게 모르게 현 체제에 대해서 불만을 가지고 있을 것이다.

2백 년 전 정한 순위를 그대로 유지하고 있다는 것에 대해서 말이다. 만약 누군가 있어서 일곱 개의 좌 중 한두 곳을 교묘하게 충동질한다면 어떻게 될 것인가? 그때는 걷잡을 수 없이 퍼져 나갈 것이다.

그것은 단순히 에퀘스의 성역뿐만이 아닐 것이다. 바벨의 탑도 관여할 것이고, 알게 모르게 그들과 관계를 유지하고 있는 귀족들도 나설 것이다.

"전쟁의 시대인 것인가?"

"그렇습니다. 그러하기에 필히 내부를 정비해야 할 것입니다."

아론의 말에 뒷짐을 진 채 허공을 응시하던 그가 아론을 보다 길버트에게로 시선을 향했다.

"너는 참으로 좋은 친구를 뒀구나."

"그렇지요?"

플람베르 가주의 말에 히죽 웃으며 응대하는 길버트이다. 과거였다면 상상조차 할 수 없는 일이다.

"그럼 가장 먼저 무엇을 해야 할까?"

아론에게 묻는 것이 아닌 길버트에게 물었다. 길버트는 어깨를 으쓱해 보이며 엄지손가락으로 뒤를 가리켰다.

"윗물이 맑아야 하지 않겠습니까?"

그에 플람베르 가주 역시 길버트의 어깨 너머로 긴장하고 있는 원로들을 바라봤다. 하지만 곤혹스러운 표정을 지을 수밖에 없었다. 늙은 퇴물이라고는 하나 그래도 원로들이다.

"무슨 걱정이 그리도 많소."

그때 잔뜩 인상을 구기고 있는 플람베르 가주를 보다 못한 루드비히 베크 화룡각주가 입을 열었다. 화끈한 성정답게 그의 입은 거칠기 그지없었다. 또한 가주에 대한 충성심 역시 대단해 그 앞에서 함부로 플람베르 가주의 흉을 볼 수 없을 정도였다.

"플람베르 가문의 가주는 형님이오. 형님이 정하면 그렇게 되는 것이오. 그것은 원로원이라 해서 다르지 않소. 이제 막 깨어나서 모르시나 본데, 형님이 앓아눕기 전 원로원은 형님 앞에서 숨조차 제대로 쉬지 못했소."

베크 화룡각주의 말에 플람베르 가주는 피식 웃었다.

"그러면 묻겠다."

"물으시오."

"내가 왜 뒤로 물러난 줄 아느냐?"

"이 녀석이 맡길 원하기 때문 아니오. 아까 보니 형님과 호각을 이룰 것 같은데 말이오."

"그렇지. 그리고 머리도 제법 돌아간단다."

"그런 것 같습니다."

"그래서 이놈한테 맡길까 하는데, 어떠냐?"

"이를 말이오? 아마 소가주는 잘해낼 거요."

"네가 힘을 실어줘야 한다."

"물론이오. 실력도 좋고 머리도 비상해서 가문의 앞날이 밝은데 당연하지 않겠소."

베크 화룡각주의 말에 에리히 회프너 청염각주와 카산드라 에일슨 염화각주 역시 고개를 끄덕였다. 그들은 아직 플람베르 가문에 대한 충성심이 변하지 않았다. 다만 가주가 앓아누웠기에 은인자중하고 있었을 뿐이다.

그에 플람베르 가주는 길버트를 바라보며 말했다.

"어디 너의 실력을 한번 보자."

그에 길버트는 씨익 웃어 보이며 입을 열었다.

"먼저 레드 드래곤의 대주 클로비치 베이얀, 그리고 블러드 골렘의 대주 아드리안 볼케이노는 들어라."

"명을 내리시길."

"임페리움 용병대의 용병대장이자 플랑드르의 병무령인 아론에게 배워라. 훈련하고 또 훈련해라. 기한은 1년이다. 반항은 용서치 않는다. 나는 그에게 너희들의 즉결 처형권을 주었다."

"……"

놀라서 말이 없는 두 사람.

"그의 훈련에서 살아남을 자신이 없는가?"

길버트의 교묘한 언변에 둘은 얼굴을 꿈틀거렸다. 그러다 허리를 굽히며 말했다.

"명을 수행하겠습니다."

그에 고개를 끄덕인 길버트는 뒤로 돌아 아홉 명의 원로를 바라봤다.

"원로들께서는 들으십시오."

길버트의 말에 원로들이 살짝 허리를 굽혔다. 경청할 준비가 되었다는 뜻이다.

"원로들을 이 시간부로 가병들을 훈련시키는 훈련교관에 임명합니다. 훈련 일정과 함께 훈련 성과를 반드시 보고해야 할 것입니다. 또한 하루 일과표를 작성해서 본 소가주에게 보고해야 합니다. 명심하세요. 권고 사항이 아닌 명령입니다."

"명을… 따릅니다."

길버트의 명에 아홉 명의 원로는 인상을 잔뜩 구기면서도 명을 따를 수밖에 없었다.

"지금 바로 가서 인수인계를 받기 바랍니다."

"알… 겠습니다."

길버트의 말에 인상을 구기면서도 그대로 향했다. 어쩔 수 없었다. 그는 이제 소가주였다. 특별한 일이 아니고는 가주는 나서지 않을 것이고, 가주가 행해야 할 모든 것을 그가 행하는 것이니 그의 말이 곧 가주의 말과 같았다.

"이 정도면 되겠습니까?"

"연습했더냐?"

"연습은 무슨, 전장에서 백인대장으로 박박 구르다 보니 자연스럽게 익혀집디다."

"잘했다."

"거참, 평생 처음 들어보는 칭찬입니다."

"그런가?"

"맞습니다. 처음입니다."

"그래서?"

"앞으로 자주 부탁드립니다."

"하는 거 봐서. 자, 이제들 가지."

그러면서 신형을 돌려 세우는 플람베르 가주. 그 뒤를 따라 3대 전투단의 각주들이 따라 나섰다.

"자네는 어떻게 할 텐가?"

"바로 출발해야겠지."

"바로 말인가?"

"시간이 많지 않네."

"그런가?"

그러면서 레드 그래곤과 블러드 골렘의 대주에게 눈짓을 보냈고, 그들은 즉각 자리에서 사라졌다. 아론이 출발한다면 그들도 출발해야 하기 때문이다.

"이제 가면 보기 어렵겠군."

"글쎄. 그건 두고 봐야 알 일이지."

"어쨌든 고생 좀 해주게."

"그래."

그렇게 둘은 헤어졌다.

*   *   *

철컹! 철컹!

쿠웅! 쿵!

2백 명의 친위대 앞에 보기에도 무거워 보이는 쇳덩이리가 던져졌다. 친위대는 그 이유를 몰라 멍하니 아론을 바라봤다.

"지금부터 풀 플레이트 메일을 벗고 지급된 장비를 착용한다."

아론의 명에 친위대는 베이얀 대주와 볼케이노 대주를 바라봤다. 친위대원들의 시선을 받은 그들은 휘황찬란한 풀 플레이트 메일을 말없이 벗고 아론이 지급한 장비를 집어 들었다. 그런 둘은 동시에 눈을 홉떴다.

'무겁다.'

마나를 사용하는 자신들이다. 그런데 무거웠다. 그리고 장비의 안쪽이 반질반질한 것도 아니었다. 수십, 수백 개의 뾰족한 무언가로 도배가 되어 있다시피 했다. 둘은 아론을 바라봤다. 아론의 얼굴은 무표정했다.

둘은 말없이 장비를 착용하기 시작했다. 하나하나 착용할 때마다 기하급수적으로 무게가 무거워졌다. 마치 위에서 짓누르는 것 같은 느낌이 들었다. 또한 장비의 안쪽에 뾰족하게 솟아난 것들이 천신 곳곳을 자극했다.

그때 아론이 입을 떼었다.

"지금 이 순간부터 너희들의 생사여탈권은 나에게 있다. 만약 나의 명령을 거부하고 뭉그적거릴 요량이라면 장비를 탈의하고 돌아가라."

아론은 강경하게 나갔다.

"실력을……."

누군가 입을 열었다.

"지랄하지 마라. 내가 너희들을 훈련시키고 싶어서 훈련시키는 것이 아니다. 불만이 있으면 나에게 하지 말고 너희들이 그렇게 떠받드는 소가주나 가주에게 가서 응석 부려라."

"감히!"

그때 아론 곁에 있던 그레이가 움직였다.

쩌어엉!

"크아아악!"

사정없었다.

물론 투기를 담지 않은 그레이의 일격이었기에 장비에 흠집은 나지 않았다. 하지만 그 내부로 전해지는 충격은 이루 형언할 수 없을 정도였다.

"그레이, 죽여도 된다."

그에 히죽 웃음을 떠올리는 그레이. 그는 여지없이 거대한 배틀엑스를 휘둘렀다.

"자, 잠깐! 잠깐!"

그때 베이얀 대주가 다급하게 외쳤다.

콰직!

하지만 그레이는 멈추지 않았다. 그대로 배틀엑스로 장비를 착용한 기사를 내려쳤다.

"크아악!"

비명을 지르는 기사.

그 소리가 듣기 싫은지 그레이가 발로 거침없이 차버렸다.

그리고 한마디 툭 내뱉었다.

"기사가 이 정도도 못 참고 비명을 지르는군."

"이익!"

누군가 발끈했다.

하나.

빠각!

육중한 기사의 신체가 비현실적으로 허공에 떠올라 멀찍한 곳에 떨어져 내렸다. 그 위에 발을 얹고 아론이 다시 입을 열었다.

"또 덤빌 새끼."

"......."

침묵이 감돌았다.

"나에게 인간적인 대우를 받으려 하지 마라. 인간적인 대우를 해주기에는 너희들에 대한 감정이 그리 좋지 않으니 말이다. 오늘은 처음이기에 특별히 이 정도 수준에서 멈춘다. 하지만 두 번은 없다."

그리고 누워서 발버둥 치는 기사를 툭 차며 훌훌 날아 자리로 돌아온 아론. 그레이 역시 어느새 자리로 돌아와 있었다. 아론은 자리로 돌아온 후 기사들을 훑어보았다. 하지만 기사들의 눈은 아직 승복하지 않고 있었다.

그에 아론은 흰 이를 드러내어 웃으며 사납게 입을 열었다.

"인정 못하겠지?"

"……."

역시 답이 없었다.

그런 그들을 두고 주변을 두리번거리더니 아무렇게나 뒹굴고 있는 나무를 대충 다듬어 몽둥이를 만들었다.

"그럼 와봐. 너희들하고 우리의 실력 차이를 확실하게 알려주지."

하지만 기사들은 머뭇거릴 뿐 움직이지 않았다. 그런 그들을 보며 아론이 말했다.

"병신 새끼들. 멍석을 깔아줘도 못 덤비네."

"말을 함부로 하지 마라!"

"그럼 덤벼, 이 병신 새끼들아."

"우리를 탓하지 마라!"

기사 한 명이 검을 꺼내 들었다. 그 모습에 아론이 이죽거렸다.

"아이고, 무서워라!"

"죽엇!"

그 기사를 시작으로 수 명의 기사들이 검을 뽑아 아론과 그레이를 향해 쇄도해 들어갔다. 그레이도 이미 배틀엑스를 집어넣고 아론의 몽둥이보다 조금 더 무식해 보이는 몽둥이를 들고 있었다.

그 둘은 동시에 앞으로 튕겨져 나갔다. 검을 휘두르는 기사를 슬쩍 피한 후 옆구리를 몽둥이로 사정없이 강타했다.

"쿠억!"

두 기사는 힘도 제대로 써보지 못하고 멀찌감치 나동그라졌다. 하지만 아직 기사는 많았다. 무려 2백 명이나 된다. 하지만 베이얀 대주와 볼케이노 대주는 그에 합류하지 않았다. 그들은 이미 아론의 무력을 보았다.

그들이 빠지든 빠지지 않든 기사들은 이미 눈에 보이는 게 없었다. 미친 듯이 아론과 그레이를 향해 내달렸다. 달려오는 기사의 힘을 이용해 집어 던지고, 몸을 살짝 틀어 팔꿈치로 얼굴을 가격했다.

허리를 숙여 검을 피하고, 전갈처럼 발을 들어 기사의 머리를 가격하고, 그 반동으로 날아올라 또 다른 기사 여남은 명을 쓰러뜨렸다. 그것은 그레이도 마찬가지였다. 처음엔 몽둥이로 기사들을 후려쳤지만, 몽둥이가 그의 힘을 감당하지 못하고 부러져 나가자 이제는 아예 맨손으로 기사들을 두드려 팼다.

집어 던지고, 패고 또 팼다. 2백이라는 숫자가 있기는 했지만, 그 둘에게 숫자는 그저 숫자에 불과할 뿐 그 이상도 이하도 아니었다.

빠아악!

턱을 가격당한 기사가 입에서 핏물을 뿌리며 벌러덩 넘어졌다. 그런 기사를 디딤돌 삼아 날아 다가오는 기사의 얼굴을 무릎으로 가격했다. 들고 있던 몽둥이로 사정없이 기사들의 머리통을 가격하고, 오금으로 기사의 목을 감아 비틀어 던졌다.

"쿠어억!"

우당탕탕!

"끄억!"

2백 명의 기사가 쓰러지는 데는 그리 오랜 시간이 걸리지 않았다. 그리고 그동안 기사들은 단 한 번도 아론과 그레이의 옷깃조차 스치지 못했다. 여기저기에 피를 흘리며 쓰러져 있는 기사들.

어디 부러지거나 한 기사는 없었다. 그저 피만 뿌릴 뿐이었다. 그러고도 아론과 그레이는 숨조차 거칠어지지 않았고 땀한 방울 흘리지 않았다.

"병신 새끼들, 이제 알겠냐? 너희들과 우리의 차이를? 기사 좋아하네. 너희들이 그렇게도 하찮게 여기는 용병 따위에게도 지는 놈들이 기사? 웃기고 자빠졌네. 끙끙거리지 말고 일어나, 새끼들아!"

악을 쓰는 아론.

그럼에도 기사들 중에는 아직 눈이 살아 있는 놈들이 있었다. 아론은 곧바로 땅을 박차고 독기를 내뿜고 있는 기사 앞에 섰다.

"왜, 꼽냐?"

"……."

말이 없었다. 하지만 분명 아직 눈은 살아 있었다. 분하다는, 절대 이럴 수 없다는 표정. 그에 아론은 피식 웃어 보이며 말했다.

"아직 덜 맞았지?"

아론의 말에 독기를 내뿜던 기사는 눈을 내리깔 수밖에 없었다. 두 번 다시는 맞고 싶지 않았다. 그리고 결정적으로 저잣거리 말처럼 쪽팔렸다. 지금 주변에는 가병들이 수두룩하게 있었다.

평소 이들은 가병마저도 눈 아래로 대하는데 그런 그들 앞에서 제대로 망신살이 뻗친 것이니 그 쪽팔림은 이루 형언할수 없었다. 다행인 것은 아론이 준 장비는 눈, 코, 입을 제외하고는 모두 가려져 있다는 것이다.

기사가 눈을 내리깔자 아론은 다시 자리로 돌아가 말했다.

"4열 종대 헤쳐 모여!"

"헤쳐 모여!"

군기가 바짝 들었다. 그 이유는 폭력적으로 다루는 아론과 그레이의 절대적인 무위 때문이었다. 자존심이 상하지만 자신들이 당해낼 수 있는 수준이 아니라는 것을 깨달았기 때문이라고 할 것이다.

"마나를 사용해도 좋다. 여기서부터 플랑드르까지 뛰어간다."

아론의 말에 호위대의 기사들은 어처구니없다는 표정을 지어 보였다.

'거기가 어디라고……'

'마나를 써도 좋다고 했지?'

그렇게 그들은 뛰어가기 시작했다. 참으로 가관이었다. 육중한 무게의 장비. 한 걸음 내디딜 때마다 그 무게 때문에 땅에 족적이 생길 정도였다. 그런 장비를 착용한 채 2백 명의 기사들이 뛴다는 것은 말이다.

그렇게 그들은 점점 멀어지고 있었다. 그런 그들을 멀리서 바라보는 이가 있었으니 바로 플람베르 가주와 길버트였다.

"대단하군."

"대단하지요."

"저들이 돌아올 때 어떻게 변해 있을지 궁금하군."

"저 친구 덕분에 우리 플람베르 가문은 다시 한 번 도약할 것입니다."

"도약하기 전에 전쟁이 있을 것이다."

"그러하기에 저들을 보내는 것 아니겠습니까?"

"원로들로 하여금 가병을 훈련시키고?"

"알고 계셨습니까?"

알다마다.

모를 리 없다. 기실 원로들이 할 일이 없어서 세력에 편든다는 것을 알기 때문이다. 정신없이 바쁘다면 세력에 편들 이유도 없고, 아무리 온실 속의 화초라 하나 그들이 가진 경험은 결코 무시할 것이 못 되었다.

그것을 꿰뚫은 길버트는 그들을 과감하게 훈련교관으로 삼아버린 것이다. 대외적으로야 원로들이 가문의 영광을 위해 개인을 희생한다는 것으로 알려져 있지만, 어쨌든 그들은 잘 활용하면 될 것이다.

"이제 둘째와 셋째, 그리고 넷째가 문제로군."

"넷째가 가장 문제가 될 것 같습니다."

"그래, 그놈이 내게 흑염화를 썼다고?"

"그놈이 쓴 게 아니라 그를 따라다니는 기사가 그런 것이겠죠."

"어쨌든 내부를 먼저 다독여야겠구나."

"그렇죠."

둘의 모습이 사라졌다. 그리고 아론은 그 둘이 사라질 때 흘깃 그들이 있던 곳을 바라봤다. 눈으로 바라보기에는 아득히 먼 거리임에도 불구하고 아론의 시선은 정확하게 그 둘이 있는 곳으로 향해 있었다.

하지만 플람베르 가문을 떠나는 친위대를 바라보는 눈동자는 그들만 있는 것이 아니었다. 그중 가장 위험하게 빛나는 것은 역시 아무도 주시하고 있지 않던 사공자였다.

'누구지?'

공식석상에서 아론은 그를 보지 못했다. 하지만 먼 거리에서도 확연하게 느껴질 정도의 살기가 전해져 오고 있었다.

'플람베르 가문의 직계라면 길버트가 알아서 할 일. 나는 내 일만 끝내면 된다.'

사실 평소 잘 쓰지도 않던 육두문자까지 사용해서 기사들을 충동질한 것은 그들의 반감을 최대한 끌어내기 위해서였다. 길버트는 1년이라는 시간을 줬지만 아론은 채 1년도 안돼 이들의 전력이 필요할 것임을 직감하고 있었다.

그래서 될 수 있는 한 빠르게 이들을 쓸 만한 전력으로 만들어야만 했다. 그래서 택한 것이 자존심을 극한으로 건드리는 것이었다. 저들은 어떻게 해서든지 자존심을 회복하려 할 테니까 말이다.

CHAPTER 2
플랑드르로 가는 길 Ⅱ

　오늘도 뛰고 있다. 플람베르의 본가에서부터 플랑드르까지 말을 타고 일주일 거리. 그 거리를 뛰어가고 있었다. 마나를 사용한다 해도 마나가 끝도 없이 솟아나는 것이 아닌 이상 친위대원들은 지칠 수밖에 없었다.

　더군다나 상상조차 할 수 없는 기이한 장비를 착용하고 뛰어가고 있다. 그리고 그 기이한 장비가 전신을 찔러 따끔따끔했다. 하지만 멈출 수 없었다. 멈추는 그 순간 무자비한 몽둥이찜질이 가해졌기 때문이다.

　회색 피부에 거대한 체구를 가진 그레이라는 무지막한 용병에 의해서 말이다. 그레이란 용병도 용병이지만 자신들을 개돼지처럼 부리는 아론이라는 용병에 비하면 그는 새 발의 피였다. 그는 기사들의 자존심을 구기는 말을 수도 없이 쏟아 내며 자존심을 자극했다.

"소 새끼도 너희들보다 빠르겠다."

"꼴에 기사라고 꼴아보기는. 그럴 시간 있으면 저 그레이의 일격이라도 받아봐. 그럼 인정해 주지."

"뭐 하는 건가? 지금 전투 중이었으면 너는 이미 바닥에 누웠을 거다."

"시체가 움직여? 네놈이 언데드냐? 오호로! 언데드로구나. 언데드는 패 죽여야지."

아론은 그냥 뛰어가지만 않았다.

"후방에 열 발의 파이어 볼!"

그러면 기사들은 미친 듯이 뛰어가야 했다. 지금까지 뛰던 것과는 비교조차 할 수 없을 정도로 빠르게 뛰어 파이어 볼의 범위에서 벗어나야만 했다.

"좌측 2미터 지점 라이트닝 레인!"

"6서클 마법입니다만."

"그래서?"

"에퀘스의 성역에 그만한……."

"웃기는 소리 하고 있네. 에퀘스의 성역에서 바벨탑의 탑주들과 연수를 맺지 말라는 법이 있나?”

“그건⋯⋯.”

“전방에 파이어 볼 스무 발!”

“뛰어! 뛰란 말이다!”

“안 피해? 그럼 피하게 해주지.”

그와 함께 구타가 시작되었다.

반항?

그런 것 따위는 생각조차 할 수 없었다. 몇몇 기사가 반항을 해봤지만 죽도록 맞아야 했고, 그 한 명 때문에 전원에게 연대책임을 물어 벌레처럼 기어서 이동해야 했다. 그런 그들의 등 뒤에서 쾅쾅 뛰며 고통을 주는 아론과 그레이였다.

“이야~ 이거 좋군. 발에 흙을 묻히지 않아도 된다니.”

그런 아론의 이죽거림에 그 누구도 함부로 입을 열지 못했다. 하지만 그들의 눈에는 시퍼런 독기가 일렁거리고 있었다. 그런 그들을 보며 아론은 다시 이죽거렸다.

“사내새끼라면 덤벼. 뒤에서 욕이나 하지 말고 말이야.”

그렇게 무려 몇 킬로미터를 기어가서야 그들은 겨우 일어섰다.

“너희들은 친위대다. 한 몸이다. 오른손이 잘못했다고 해서 방관할 수 없다. 손가락 하나가 못했다면 그 손가락 하나 때문에 모든 이가 책임을 져야 한다. 누구의 잘못이라 하지 마

라. 책임은 너희 모두에게 있다."

그리고 휴식이 주어졌다. 그들은 오늘도 실패했다. 분하고 원통하지만 실패했으니 입이 있어도 말을 못할 일이다.

"후우~"

베이얀 대주와 볼케이노 대주는 길게 한숨을 내쉬었다. 그때 그들의 곁으로 구스 메르헨 레드 드래곤 부대주와 델로스 레예스 블러드 골렘의 부대주 등이 다가와 앉았다.

"이대로 가야만 합니까?"

"안 그러면?"

"저들은 용병입니다."

"그래서?"

"기사로서 용병에게……."

"아직도 그런 같잖은 생각을 가지고 있나?"

"대주님!"

"용병에게 반항조차 하지 못하는 자네의 실력을 탓하지는 않나?"

"그건……."

"설마 기사로서 용병 두 명을 다수로 핍박하고자 하는 것은 아니겠지?"

"그……."

"그리고 조금은 실력이 나아졌다고 생각하지 않나? 처음 이

지랄 같은 장비를 착용하고 한 시간도 달리지 못하던 우리다. 그런데 지금은 한나절을 달리고도 거뜬하지."

"……."

베이얀 대주의 말에 반박할 말을 찾지 못하는 메르헨 부대주. 그때 블러드 골렘의 볼케이노 대주가 굵은 목소리로 입을 열었다.

"그리고 메르헨 부대주 자네가 잘못 생각하고 있는 게 있는데 말이지."

"그게 뭡니까?"

"애초에 가문을 출발할 때 이미 우리는 전멸했어."

"그건……."

"이 지랄 같은 장비를 탓하고 싶은가? 그러기에는 너무 궁색한 변명인데? 생각해 보자. 장비를 착용했다고 해도 우리는 마나를 사용했지. 그리고 우리는 2백 명 전원이 모두 공격했고, 저 둘을 당해내지 못했다."

"……."

"게다가 말이지, 우리는 기사도를 어겼다네."

"그게 무슨……."

"다수로 소수를 핍박했으니 말이네. 아무리 대련이라고 하지만 우리는 반드시 승리해야 한다는 생각에 2백이나 되는 다수로 겨우 두 명에게 달려들었고, 그 결과 처참한 패배를 당했다. 그러고도 우리는 뻔뻔하게 그 둘을 향해 독기를 날리고 있고, 그들을 인정하지 못하고 있다."

"……."

입이 있어도 말을 못할 명백한 진실이다. 지금까지 이들은 자신들의 과오는 인정하지 않은 채 오로지 자신들의 자존심에 상처를 입힌 두 용병에 대해서 이를 갈고 있었다.

"그러함에도 저 둘은 우리를 어떻게 대하고 있는가? 개돼지처럼 대하고 있다고 생각하겠지? 한데 자세히 한번 살펴볼까? 전투가 일어난다면 이런 일이 일어나지 말라는 법이 있나? 전투에 있어서 파이어 볼이 우리를 피해간다고 생각하나?"

볼케이노 대주의 말을 이어받아 베이얀 대주가 다시 입을 열었다.

"과연 마탑이 에퀘스의 성역 일이니 너희들 알아서 하라고 할까? 우리는 가주의 곁을 지키는 친위대다. 대단히 영광스러운 자리지. 그럼에도 불구하고 우리는 그동안 뭐를 했나? 가주님을 우리가 지켰던가?"

"지키지… 못했습니다."

지키지 못했다.

그래서 가주께서 독에 당하셨고, 플람베르 가문은 엉망진창이 되어버렸다. 자신들은 눈이 있어도 사람을 보지 못했고, 무력이 있어도 무력을 사용하지 못했다.

"그리고 하나 더, 너희들은 자신이 변한 것을 스스로 느낄 것이다."

"그건……."

"그것이 너희들의 노력 덕분이라고 생각하나? 여기까지 오는 동안 너희들은 무엇을 했나? 스스로 움직였나? 힘들어서 쓰러지기 바빴고, 저 두 용병을 욕하기 바빴으며, 언젠가는 저 두 놈을 죽이고 말겠다는 결의만 다졌을 뿐이다."

어느새 베이얀 대주와 볼케이노 대주, 그리고 네 명의 부대주 주변으로 많은 수의 기사들이 모여들어 있었다. 일렁이는 불빛 속에서 그들은 스스로의 행동에 부끄러워하는 모습을 보이고 있었다.

"너희들이 저 둘을 탓하는 동안 저 둘은 우리를 담금질했다. 이 괴상한 장비는 우리 내부에 있던 마나를 조금 더 잘 다루게 해줬고, 장비로 인해 그동안 넘을 생각도 하지 못하던 자신만의 벽을 스스로 조금씩 허물기 시작했다."

말하지 않아도 알고 있었다. 자신들이 달라지고 있다는 것을 말이다.

하지만 인정하기 싫었다. 용병 따위의 가르침으로 자신들이 변해가고 있다는 것을. 하지만 두 명의 대주는 그들을 완벽하게 인정하고 있었다.

속으로는 어찌 대주들이 그럴 수 있느냐고 반박하고 싶었으나 그 둘의 말은 구구절절 맞았고, 틀린 말은 한마디도 없었다. 자신들은 그저 인정하고 싶지 않았을 뿐이다. 보고 싶은 것만 보고 믿고 싶은 것만 믿고 있었다.

평소 그런 저급한 행동을 서슴없이 해 보이는 귀족들을 손가락질하며 성토하던 자신들이었는데, 그런 짓거리를 자신들이 스스로 행하고 있던 것이다. 그들은 고개조차 들 수 없었다.

"저들이 그렇게 우리를 담금질하는 동안 너희들은 대체 뭐를 했나?"

볼케이노 대주의 말에 그 누구도 입을 열 수 없었다.

"너희들이 스스로 깨닫기를 바랐지만 아무래도 지금 상황을 보니 절대 그럴 수 없을 것 같아서 마지막 한마디를 한다. 저기 서 있는 아론이라 불리는 훈련교관은 5원로와 7원로와의 대련에서 그들을 단숨에 제압했다."

"……!"

기사들의 눈동자가 도저히 믿을 수 없다는 듯 커졌다.

"그리고 훈련교관은 소가주님의 친우이시고, 가주님으로부터 존칭을 받을 만한 존재이다. 이제 알겠는가? 너희들이 얼마나 어리석고 미련했는지 말이다. 너희들은 지금 그토록 손가락질하던 귀족들의 행동을 그대로 답습하고 있는 것을 말이다."

"죄송… 합니다."

"죄송하면 좀 알아서들 기어라. 언제까지 용병이라는 것에, 기사라는 틀에 얽매어 진실된 모습을 보지 못한 채 헤매고 있을 것이냐."

기사들은 자신들이 한 일이 떠올랐는지 부끄러워서 제대로 얼굴을 들지 못했다. 그런 그들을 아론과 그레이는 멀리서 지켜보고 있었다. 그레이가 타오르는 모닥불을 뒤적거리며 입을 열었다.

"이것을 원했던 건가?"

"아니, 뭐 딱히 의도한 것은 아니었지."

"그런가? 그랬다고 하기에는 너무 긍정적인 반응이로군."

"저들이 따르는 대주라는 자들은 가주의 연무장에 있던 자거든."

"노렸다는 말이로군."

"깨달았으면 좋겠다고 생각은 했지."

"흐음, 그런데 저 방식이 정말 효과가 있나?"

"왜, 해보고 싶은가?"

"나는 아직 더 높이 올라가야 한다."

"그렇군. 그래서?"

"지금까지 봐온 결과 저들은 상당한 효과를 보고 있다. 다만 그 어리석음에 제대로 깨닫지 못하고 있지만 말이지. 특히

저 두 대주라는 인간들은 플랑드르에 진입할 즈음에는 한계의 벽을 넘을 것 같군."

"대충 그럴 것 같기는 하군."

"문제는 저 방법이 나에게도 통하느냐이다."

그런 그레이의 의문에 아론은 슬쩍 그의 전신을 훑은 후 고개를 끄덕였다.

"인간과 같은 구조라면 가능하지."

"내 몸이 다르다고 생각하나?"

"그렇지는 않군."

"그렇다면 가능하다는 말이로군."

"그렇지."

"여분이 있으면 좋겠군."

"있지."

"그럼 다오."

"주기 전에 알아둬야 할 것이 있다."

"알아둬야 할 것이라… 경청하지."

"네 몸이 인간의 몸과 같다면 너의 전신에는 360개의 혈이 존재한다. 혈이라는 곳은 피와 마나가 모이는 곳이라고 생각하면 될 것이다. 너는 오크이니 투기가 머물러 있는 곳을 의미할 게다."

아론의 말에 그레이는 고개를 끄덕였다. 자신은 인간으로 치면 소드 마스터에 해당했다. 엄격히 말하자면 소드 마스터와 그레이트 마스터 사이의 경지라 할 수 있겠으나 쉽게 정한다면 바로 소드 마스터가 맞을 게다.

때문에 자신의 신체에 대해서 아주 상세하게 알고 있었다. 전신을 휘돌고 있는 핏줄이 있고, 그 핏줄기에는 투기 역시 함께 흐르고 있었다. 그리고 투기가 머무는 곳이 있음을 알고 있었다. 정확하게 설명하라고 하면 어떻게 표현할 수 없겠지만 말이다.

"대충은 아는 말이로군."

"그래, 그렇겠지. 그리고 저들이 착용하고 있는 장신구는 그런 혈을 자극해 주는 역할을 한다. 견딜 수 없을 정도로 힘들지만, 끊임없이 혈을 자극해 주는 동안 마나가 활성화되고 자신도 모르게 벽을 서서히 허물게 되는 것이지."

"그런 원리인 건가?"

"그런 원리지."

"그 원리가 소드 마스터에게도 적용이 되나?"

"글쎄, 그건 모르겠군. 아직 소드 마스터에게는 활용해 보지 않아서 말이지. 단, 움직이면서 끊임없이 자극하는 혈을 인지해야 한다. 결코 쉽지 않은 일이지."

이것은 의식하는 자와 의식하지 않는 자와의 차이다. 의식한 자는 조금 더 빨리 벽을 허물 것이고, 의식하지 못한 자들은 본능에 가깝게 행하기에 숙련도는 올라가겠으나 조금 더 늦을 수밖에 없다는 것이다.

바로 그레이가 지적한 두 명의 대주는 스스로 그 모든 움직임을 인지하고 있기 때문에 다른 이들보다 조금 더 빨리 벽을 허물 수 있게 된 것일 게다.

"아마도 가능하다면 저들보다 더 고통스러울 게야. 마스터인 만큼 더욱 세심해질 테니까."

"그렇군."

그러면서 그레이는 말없이 아론이 건네준 육중한 장비를 착용하기 시작했다. 체구가 인간과는 비교할 수 없을 정도로 거대하지만 기이하게 딱 들어맞았다.

"크음. 나쁘지 않군."

그레이는 장비를 착용하자마자 느낄 수 있었다. 분명히 효과가 있다는 것을 말이다. 그는 만족한 웃음을 떠올렸다. 그리고 그는 확신할 수 있었다. 그동안 정체되어 있던 자신의 실력이, 그 벽을 허물고 더 높은 경지로 오를 수 있다는 것을.

그렇게 밤이 지나 새벽이 오자 기사들은 늘 하던 대로 마나 호흡을 하고 가볍게 몸을 푼 후 이른 아침을 챙겨 먹고 다시 뛰기 시작했다. 하지만 그들의 눈동자는 어제와 달랐다. 독기는 뿜어내고 있으되 지금까지 포함되어 있던 적대감은 사라져 있었다.

아론은 그런 것쯤은 신경 쓰지 않는다는 듯이 여전히 자신이 해야 할 일을 착착 진행시켰다. 그렇게 한 달이라는 시간이 흘렀고, 그들은 마침내 플랑드르에 도달했다. 그러한 그들을 마중 나온 것은 8백 명에 이르는 임페리움 용병대원들이었다.

그런데 기이한 것이 그를 마중 나온 임페리움 용병대의 등 뒤에 자신의 상체만 한 배낭과 온갖 무기를 주렁주렁 매달고 있다는 것이다. 그들 역시 뛰어오고 있었는데 민소매로 되어 있는 상의 사이로 언뜻언뜻 보이는 근육이 단단한 바위를 연상시킬 정도이다.

'굉장하군.'

'이들이 용병이라고?'

'허어~ 도대체 얼마나 훈련을 했기에.'

그에 친위대는 혀를 내두를 수밖에 없었다. 군살이라고는 없었다. 젊음과 늙음 따위는 그들에게 아무런 의미도 없는 것처럼 보였다. 하지만 그들이 놀랄 것은 아직 남아 있었다.

"선두 제자리이~"

"제자리 섯! 하나! 둘!"

"군장을 해체한다. 실시!"

"실시!"

용병들은 복명복창을 한 후 배낭과 함께 주렁주렁 매달고 있던 각종 무기를 벗어 질서정연하게 배치했다.

쿠웅!

하지만 중요한 것은 그들이 군장이라고 말하는 배낭과 무기들의 무게였다. 신속하게 아주 가볍다는 듯이 내려놓는 배낭에서 땅을 울리는 둔중한 소리가 들려왔다. 기사들은 화들짝 놀란 눈을 했다.

용병들이 메고 있던 배낭의 무게가 땅을 울릴 정도로 무겁다는 것을 의미했기 때문이다.

'도대체 무게가……'

'뭐지?'

'이런 용병대가 있다고?'

'기사단 아냐?'

그들은 단 한 번도 들어본 적이 없다. 용병들이 오와 열을 맞춰 달리고 기사들처럼 단체로 훈련을 한다는 것을 말이다. 그런데 임페리움 용병대는 그렇게 하고 있었다. 그들의 얼굴에서 흘러내리는 굵은 땀방울과 뿌옇게 쌓인 흙먼지는 그들이 얼마나 고되게 훈련하고 있는지 명확하게 보여주고 있었다.

'이게 방종의 상징인 용병이라고?'

'대체 어떤 놈이 그런 망발을……'

그런 기사들의 상념을 깨우는 목소리가 들려왔다.

"아이고, 형님, 늦었수."

제라르였다. 그 옆에 얀센도 같이 오고 있음은 물론이다. 임페리움 용병대 내에서 그들의 직위는 대장의 호위지만 대장이 명할 경우 훈련교관과 중대 지원 등을 할 수 있는 막강한 위치에 있는 이들이다.

"그렇게 되었군."

"우와~ 그런데 이 덩치는 누구요? 얀센 형님하고 비슷하겠는데 말이우."

"그레이다."

"오~ 그레이. 이름 한번 기똥차게 지었네. 반갑수."

제라르는 서슴없이 그레이에게 손을 내밀었다. 그러자 그레이는 멀뚱하게 그 손을 바라볼 뿐이다. 그리고 제라르는 그럴 줄 알았다는 듯이 친절하게 설명해 줬다.

"내게 무기가 없다는 표시오."

"그렇군. 반갑다. 그레이다."

그레이의 두툼한 손이 내밀어졌다. 그레이의 그런 스스럼없는 모습에 제라르도 씩 웃으며 반겼다. 하지만 그레이의 시선은 얀센을 향하고 있었다. 인간들 중 자신과 대등한 덩치를 자랑하는 인간은 드물었기 때문이다.

서로를 바라보는 둘의 시선이 불꽃을 튀었다.

"이거 오랜만에 타오르는데?"

얀센의 말에 아론이 고개를 끄덕였고, 제라르가 외쳤다.

"대련이다!"

"와아아!"

함성을 외친 용병들이 가볍게 배낭과 무기를 들고 재빠르게 원을 그렸다. 그중 한 곳에 이가 빠졌는데 아론이 곁의 볼케이노 대주에게 말했다.

"뭐 하나?"

"예?"

"대련을 안 볼 참인가?"

"아, 죄송합니다."

그러자 기사들은 빠르게 이가 빠진 자리를 채웠다.

"얀센이다."

"그레이다."

"흐흐흐, 좋구나."

서로를 소개한 후 얀센이 입을 헤벌쭉 벌리며 할버드를 집었다. 그레이 역시 양손에 배틀엑스를 잡고 자세를 취했다. 둘은 본능적으로 상대가 자신의 아래가 아님을 느끼자마자 호승심이 일었다.

휘오오!

그들이 마주 선 중간에서 기세와 기세가 부딪치며 마른 회오리바람이 일었다. 그들은 상대방의 허점을 노리면서 돌기 시작했다. 비등한 실력이기에 더욱더 조심스러운 둘. 어떤 공방도 주고받지 않았음에도 불구하고 기사들과 용병들은 마른 침을 꼴딱이며 둘의 대련을 지켜보았다.

"타핫!"

두 명은 동시에 상대를 향해 쇄도해 들어갔다. 그레이는 한 손에 든 배틀엑스를 위에서 아래로 휘두름과 동시에 휘돌기 시작했고, 얀센은 선공을 놓치자 살짝 몸을 틀어 그의 간격을 벗어난 후 자신의 간격을 만들고 할버드를 휘두르며 찌르고 잡아챘다.

휘우우우!

콰차차자장!

단 한 번에 수십 번의 공수가 교환되었다. 둘의 대결을 바라보는 기사들은 눈을 부릅떴다. 단 한 순간도 놓치지 않겠다는 듯이 말이다. 하지만 그들의 실상은 조금 달랐다. 그들은 지금 이 순간 심장이 튀어나올 것 같이 놀라고 있었다.

'보이냐?'

'안 보인다.'

'내가 저런 인간한테 칼을 꽂으려고 했구나.'

'이제 알겠다.'

'뭘?'

'우리가 미친놈이었다는 것을.'

'그래, 우린 정말 우물 안의 개구리도 아니고 올챙이였구나.'

눈에 안력을 돋우고 마나를 흘려보내도 둘의 움직임을 좇을 수 없었다. 있다면 벽을 허물기 바로 직전인 두 명의 대주와 어느새 최상급의 문을 두드리고 있는 네 명의 부대주 정도뿐이었다.

'저런 움직임이……'

'허어~ 저게 용병의 움직임이라고?'

그러면서도 슬쩍 용병들을 바라보는 부대주와 기사들. 그런데 그들의 얼굴이 조금씩 일그러졌다. 자신들과 다르게 용병들은 아주 대수롭지 않은 표정을 지어 보이고 있었다. 이런 일을 많이 봐왔다는 듯이 말이다.

그리고 그중 몇몇은 팔짱을 낀 채 아주 흥미롭다는 듯이 두 사람의 대련을 지켜보고 있었다. 자신들조차 눈에 마나를 불어넣고 안력을 돋워야 겨우 그들의 움직임을 좇을 수 있는 것을 말이다.

'무슨 용병들이……'

'우리는 정말… 아무것도 아니었구나.'

'눈을 뜨고 있어도 장님이었고, 소리를 들을 수 있어도 귀머거리였구나.'

그들은 스스로 한탄했다. 이곳까지 오면서 그들은 이것은 인간이 할 훈련이 아님을 절실하게 느꼈다. 하지만 그런 훈련을 비웃기라도 하듯이 용병들은 훈련하고 있었다. 이런 것쯤은 늘 있는 일이라는 듯이 말이다.

콰아앙!

지지지직!

그때 거대한 폭음이 들리고 얀센과 그레이는 발밑에 깊은 고랑을 만들면서 서로에게서 멀어지고 있었다. 그러나 그 둘은 전혀 타격을 받지 않았다는 듯이 서로를 향해 사나운 미소를 떠올리고 있었다.

그것은 정말 미소였다. 적수다운 적수를 만났다는, 오랜만에 힘을 써본다는 듯한 그런 얼굴이었다. 그런 둘과는 달리 용병들 중 몇몇은 불퉁한 표정을 지어 보였다. 그중 특히 제라르의 표정은 참으로 볼만했다.

"아따~ 얀센 성님은 은제 저렇게 실력이 늘었대?"

"얀센 님은 성실하잖습니까."

"뭐냐? 그럼 난 불성실하다는 말이냐?"

"그런 건 아니고, 조금은 놀기를 좋아한다?"

"아하~ 그렇다 이거지? 이것들이 그동안 내가 좀 쉽게 훈련시켜 주니까 몸이 근질근질하지?"

"에엑! 왜 그게 그렇게 연결됩니까?"

"내 맘이다. 일단 보고 훈련 때 보자."

"아니, 전 그게 아니고……."

다급하게 상황을 정리하려던 용병은 주변에서 쏟아지는 눈

초리에 입을 닫아야만 했다. 만약 눈으로만 사람을 죽일 수 있다면 바로 지금 같은 경우일 것이다.

"끄응!"

앓는 소리를 내며 대련장을 바라보는 용병. 다시 얀센과 그레이는 서로를 향해 쇄도하고 있었다. 이번에는 그들의 무기에 오러 블레이드가 시전되어 있었다. 전력을 다하겠다는 의도이다. 이미 둘의 대련은 대련의 수준을 넘어서고 있음이 분명했다.

하지만 용병들은 그들을 말릴 생각조차 하지 않았다. 검 끝에 살고 있는 그들이기에 대련 역시 실전을 방불케 했다. 그들의 모토는 '연습을 실전같이 한다'이다. 그럼 실전을 연습같이 하느냐고 묻는다면 실전은 그냥 실전같이 한다.

목숨이 왔다 갔다 하는 상황에서 연습같이 한다는 게 말이 되는가. 연습 때보다 더 실전같이 해야 살아남을 수 있었다.

콰아앙! 쩌저저적!

둘이 부딪치자 불꽃이 튀었다. 다시 떨어지고 다시 서로를 향해 할버드와 배틀엑스를 휘둘렀다. 찍고, 베고, 끌어당기고, 휘돌고, 그어 올렸다. 피하고, 막고, 부딪히고, 마주쳐 나갔다. 끊임없이 반복되는 둘의 대련.

그렇게 시작된 대련은 자그마치 네 시간을 훌쩍 넘기고 있었다. 그런 와중에도 기사들과 용병들은 전혀 지루함을 느끼지 못했다. 살벌하기 그지없는 둘의 대련에 배고픔마저도 잊고 둘의 대련이 집중하고 있었다.

'이게 대련이라고?'

'생사대적하고 싸우는 게 아니라?'

'늘 이렇게 생사대전을 하는 것인가?'

'임페리움 용병대, 적으로 둬서는 안 될 상대이다.'

그들은 전율했다. 아니, 전율할 수밖에 없었다. 세상천지에 이런 흉험한 대련이 어디 있단 말인가. 그리고 마침내 다시 거대한 폭음이 터지며 둘은 서로 반대편으로 착지했다.

"후욱! 후욱!"

"허억! 허억!"

그들도 지쳤다. 하지만 그들의 눈동자는 여전히 이글거리고 있었다. 끝장을 보고 싶은 것이다. 제라르는 슬쩍 아론을 바라봤다. 하지만 아론은 별다른 반응이 없었다. 그에 제라르 역시 팔짱을 풀지 않은 채 둘의 대결을 바라보았다.

"후우~ 오랜만이군."

"전력을 다할 수 있는 상대라……."

둘은 서로에 대해 감탄했다. 둘은 전력을 다했다. 마스터에 오른 이후 아낌없이 상대할 수 있는 이가 과연 얼마나 될까? 그들은 이쯤해서 멈춰야 한다는 것을 알고 있었다. 하지만 이성은 그렇게 외치고 있지만 그들의 감정은 아직도 목이 말랐다.

"마지막이다!"

둘은 동시에 외치며 상대를 향해 전력으로 달렸다. 기사들과 용병들은 마른침을 삼키며 마지막으로 치닫고 있는 둘을 바라봤다. 그들은 둘이 위험하다는 것을 직감하고 자신들도 모르게 눈을 부릅떴다.

팔짱을 끼고 있던 몇몇은 자신도 모르게 팔짱을 풀고 경악한 채, 혹은 긴장한 채 그 광경을 지켜보았다. 그들이 부딪치자 눈부신 폭발이 일어났다. 그들은 직감적으로 머리 한구석에 떠오르는 단어가 있었다.

'둘 중 한 명은 죽는다.'

모두가 그렇게 생각했다.

하지만 모두가 그렇게 생각하고 있을 때 그 눈부심을 뚫고 둘을 갈라놓는 힘 하나가 있었는데, 기사들은 허파가 튀어나올 것 같이 놀랐다.

투후후욱!

얀센과 그레이가 잘라졌다. 둘은 갈라지는 힘을 이기지 못하고 정신없이 데굴데굴 굴러 구석에 처박혔다. 누구도 그 둘을 건들지 않았다. 지금 그들의 상태는 그저 작은 건드림으로도 내부가 곤죽이 되어버릴 정도였다.

모든 것을 쏟아낸 지금이 그들에게 가장 위험한 때라고 할 수 있었다. 그때 무언가 두 사람을 부드럽게 감싸고 그들을 허공에 띄웠다. 바로 아론이었다.

"무식하기는……."

"워매, 애 떨어질 뻔했네."

아론의 말에 제라르가 가슴을 쓸어내리며 한마디 했다. 누가 그렇지 않겠는가? 지금과 같은 장면은 평생을 가도 보기 힘든 기이한 광경이라고 할 수 있다.

'괴… 물이었군.'

'우리가 눈이 썩었던 것이로군.'

'씨발, 이거 살 떨려서 어디……'

용병들은 모르겠지만 기사들은 제각각 생각이 달랐다. 도저히 이건 대련이라고 할 수 없었다. 아무리 맞수라고 하지만 죽일 듯이 싸우다니. 그리고 그 죽일 듯이 싸우는 당사자가 가문의 원로들과 같은 수준의 인물들이다.

'이게 말이 돼? 용병이……'

'소드 마스터야. 그리고……'

'한 사람은 그런 소드 마스터를 가지고 놀고 있고.'

'엉기는 순간 뒤진다.'

확실하게 각인되었다.

"돌아가도록 하지."

"후우, 알았수."

아론의 말에 제라르는 아직도 입을 벌리고 있는 용병들에게 외쳤다.

"입 닥아, 이 새끼들아! 입에 파리 들어가겠다!"

"합!"

제라르의 외침에 그제야 입을 닫고 정신을 차리는 용병들. 그것은 기사들 역시 마찬가지였다. 그들은 지금 용병들 말대로 잔뜩 쫄아 있었다. 자신들이 생각하고 보아온 용병이 절대 아니었기 때문에 일어나는 현실과의 괴리감 때문이다.

용병들은 어느새 그 무게를 알 수 없는 배낭과 무기를 주렁주렁 매달고 오와 열을 맞춰 뛸 준비를 하고 있었다.

"목표는 용병대 본부까지! 뛰어~ 갓!"

"하나! 둘!"

구호에 맞춰 다시 왔던 길을 뛰어가는 용병들. 그 모습을 멍하니 지켜보고 있는 기사들.

"너희들은 안 가냐?"

"저희도… 가야 합니까?"

"그럼? 너희들은 훈련 온 것이지 견학이나 놀러 온 것이 아니다만."

"알겠습니다."

이제 이 괴상한 장비를 착용하고 뛰어가는 것쯤은 일도 아니었다. 아니, 오히려 이 괴상한 장비를 벗으면 그것이 더 이상하게 느껴질 정도였다. 두 대주의 인솔 하에 길고 긴 용병들의 꼬리에 붙어 달려가는 기사들.

그들을 바라보던 아론은 뒷짐을 진 채 한가롭게 걸어갔다. 그의 등 뒤로는 얀센과 그레이가 둥실 떠서 그가 이끄는 대로 따라가고 있다. 기사들을 인솔하던 두 명의 대주는 슬쩍 그런 아론을 바라보며 침을 꼴깍 삼켰다.

'괴물.'

그 외에는 아무런 단어도 생각나지 않았다. 이곳까지 오면서 지겹도록 경험한 바다. 물론 오늘과 같은 경우는 조금 더 충격적이었지만 계속된 충격에 이제 적응이 돼서인지 기사들도 빠르게 원래의 신색을 찾아가고 있었다.

그리고 두 명의 대주는 자신도 모르게 방금 전 두 용병이 펼친 대련을 떠올리고 있었다. 그저 떠올리기만 해도 전율할 수밖에 없었다.

'마스터라는 존재⋯⋯.'

'신체의 한계를 뛰어넘었다.'

막연하게 생각하고 있던 마스터에 대한 정보가 그들의 머리를 어지럽혔다. 그런 둘의 모습을 바라보는 아론은 가볍게 고개를 끄덕였다.

'그나마 길버트에게 체면은 세운 건가?'

아론이 보기에 저 둘은 아마도 오늘 막사에 도착하면 그동안 자신들을 가로막고 있던 벽을 허물지도 모른다. 말로만 듣

는 것과 직접 바로 코앞에서 목격하는 것과는 그 차이가 존재
했다. 거기에 둘은 얀센과 그레이가 흘리는 마나의 흐름을 체
험했다.

 그 정도라면 평생을 두고 마스터가 되기 위해 안달하던 두
사람은 벽을 허물기에 충분했다. 그리고 그것을 위한 사전 준
비도 철저히 했다. 바로 아론이 이곳까지 뛰어오면서 기사들
에게 착용하게 한 괴이한 장비이다.

 그 장비는 기사들에게는 생소하기는 해도 자신의 기억 속
에는 선명하게 존재하는 혈 자리를 자극하는 것이다. 덕분에
극한으로 혈이 자극되고 육체를 한계까지 몰아붙인 덕분이라
할 수 있었다.

 물론 저 둘뿐만이 아닐 것이다. 2백의 기사 중 몇 명은 분
명 오늘이 아니라 할지라도 근시일 내에 벽을 허물고 한 걸음
앞으로 나아갈 수 있을 것이다. 그러니 일단은 체면치레를 한
것이다. 하지만 아론의 진정한 목적은 거기에 있지 않았다.

 길버트의 부탁이 있어 친위대를 훈련시켜 주고 있기는 하지
만 그 근본적인 목적은 바로 임페리움 용병대에 대한 실력 증
진에 있었다. 용병들은 기본적으로 전승되어 온 검법이나 무
술이 따로 없었다.

 그래서 어느 정도 경지에 오른 용병들은 자신만의 검술을
가진다. 정통 검법이 아닌 스스로 실전 속에서 다져진 검술이

기에 용병들의 검술은 실전적이고 임기응변적이 될 수밖에 없었다. 그런 면에서 보자면 용병들의 검술 습득 속도는 상당하다 할 수 있었다.

누가 가르쳐 주지 않았음에도 불구하고 자신만의 검로와 검술을 개발할 정도이다. 수없이 많은 실전을 겪으면서 만들어낸 자신만의 용병 검술. 거기에 검술의 명가들로부터 검술을 사사한 기사들과 섞여 훈련을 받는다면 어떨까?

명가 검술의 정수를 빼올 수는 없겠지만 적어도 한 단계 더 진보하는 결과를 가져오지 않을까 생각하는 데에서 용병대와 친위대를 함께 훈련시키기로 결정한 것이다. 서로에 대한 단점이 아닌 장점을 익힌다면 용병대나 친위대나 서로 단점을 보완할 수 있었다.

"그러니까 기사들과 함께 훈련하라는 말이우?"

"그래."

"그놈들이 우리 말을 따르겠수?"

"패도 돼."

"정말 그래도 되겠수? 그래도 플람베르 가문의 친위댄데 말이우."

"죽여도 돼."

"흐음."

죽여도 된다는 말에 제라르는 팔짱을 끼었다. 그것은 브라이언이나 마이크, 그리고 유리나 니콜라이도 마찬가지였다. 그들은 솔직히 기사들과 얽히고 싶지 않았다. 길버트야 자신이 따르는 대장의 친구이고 혈로를 뚫고 왔으니 별로 문제없었지만, 그 외의 이들은 아니었다.

그동안 같이한 특무대는 이미 떠나갔고 다시 새로운 동료를 맞이했다. 하지만 왠지 새로운 동료들이 그리 탐탁지 않았다.

조금은 거만해 보이는 그들의 모습 때문이다. 그들이 특무대와 다른 것은 특무대는 이미 잡초처럼 자란 이들이었다.

버려졌다는 의미에서 자신들과 비슷한 동병상련을 느끼고 있어서 쉽게 융합할 수 있었지만 친위대는 아니었다.

"훈련을 거부하거나 교관들에게 반발하는 경우는 그들을 열외할 겁니다."

"한 번은 기회를 줘. 대신 사정은 봐주지 마."

"알겠습니다."

"그리고 얀센과 그레이는 깨어났나?"

"깨어나긴 했는데 방에서 꼼짝을 하지 않고 있수."

"그렇단 말이지."

무슨 이유인지 아는 것 같은 아론의 말이다.

"솔직히 말해보슈. 이럴 줄 알고 내버려 둔 거유?"

"어느 정도는."

"허어~"

제라르는 부럽다는 듯한 표정을 지어 보이며 혼잣말을 했다.

"제길, 내가 나서는 건데."

"글쎄. 그러면 또 달라지지 않았을까? 서로 기교가 아닌 힘을 우선시하는 그들이었기에 가능한 것이지."

"그렇기는 하우만."

못내 아쉽다는 듯한 제라르의 모습. 그런 제라르의 어깨를 가볍게 툭툭 친 아론이 입을 열었다.

"깨달음이라는 것은 누가 강제할 수 없는 것이다. 하다못해 잠을 자다가도 깨달음이 올 수 있지. 이번에는 너의 기회가 아니었던 것뿐이다."

"쩝. 그런데 친위대의 대주라는 놈들도 벽을 허문 것 같더구만."

"그들 역시 벽을 허물 시기가 되어서 허문 것이다. 부러워하지 마라. 그들이 아무리 대단하다고 해도 너를 어쩔 수는 없을 테니까."

"불안해서 그렇수."

"불안해할 것도 없다."

담담한 아론의 말에 슬쩍 그를 바라본 후 고개를 젓는 제라르다. 자신의 욕심이라는 것은 알고 있다. 그리고 검을 든 시간과 노력한 시간은 얀센이 훨씬 앞선다는 것을 알고 있다. 또한 재능 역시 자신보다 얀센이 뛰어남을 알고 있었다.

만약 아론을 만나지 않았다면 자신은 마스터는커녕 하급조차 벗어나지 못하고 같은 용병들끼리의 권력 싸움에 휘말려 어느 곳에선가 시체로 썩어가고 있을지도 모른다. 그에 제라르는 고개를 저었다.

'욕심을 버리자. 이 정도만 해도 충분하지 않냐?'

그는 그렇게 스스로를 위안했다. 당장에 떼를 쓴다고 해도 아론이 어찌할 수 있는 것도 아니다. 그리고 그레이라는 용병이 점찍은 상대가 자신이 아닌 얀센 형님이었으니 어쩔 수 없는 일 아닌가?

"그들이 깨달음을 얻었다 할지라도 그 깨달음이 반드시 벽을 허물라는 법은 없다."

아론의 말에 다들 고개를 끄덕였다.

과연 그랬다. 벽을 허물었다고 해서 그 벽이 과연 그레이트 마스터나 소드 마스터로 가는 벽을 허물었다고는 할 수 없었다. 단번에 벽을 허물 수 있다면 소드 마스터가 흔하디흔한 존재가 될 것임은 뻔한 사실이다.

단지 마지막 벽을 허물기 위한 가장 기본적인 기초를 다질 수도 있는 것이고, 그것은 누구도 장담할 수 없는 것임이 분명했다.

"그건 좀 위안이 되는 말이우."

어느새 본래의 모습을 되찾은 제라르였다. 마음을 비우니 오히려 마음이 편해지고 앞으로 기사들을 괴롭힐 일이 즐거워지기 시작했다.

"그리고 플람베르 가문에서는 정식으로 우리를 플랑드르를 방어하는 전력으로 고용했다."

"오오~ 그거 참 좋은 소식이로군요."

용병이란 의뢰로 먹고사는 직업이다. 훈련을 해서 실력을 늘리는 것도 중요하지만 기본적으로 용병대를 운용하기 위해서는 재화가 필요하게 마련이다. 그런데 지금 상황에서는 의뢰를 받아들이기가 쉽지 않았다.

그 연유는 바로 아론에게 있었는데, 그는 용병들이 어느 정도 수준에 이르기 전까지는 상행 의뢰를 받지 않을 것임을 공언했기 때문이다. 그동안 용병대를 유지하는 재화는 모두 아론이 지원하기로 하고 말이다.

하지만 아론을 제외하고 다른 이들은 아무리 아론이 대단한 재화를 가지고 있다 하더라도 인간인 이상 한계가 있을 것이기에 아론의 말을 수행하면서도 불안함 마음이 없지 않아 있었다. 하지만 이제는 그런 걱정을 할 필요가 없어졌다.

"어쨌든 그리 알고 내일부터 대원들의 훈련에 박차를 가해라."

"이를 말이우."

아론의 말에 흰 이를 드러내며 웃는 제라르. 그를 바라보는 브라이언이나 마이크, 그리고 유리와 니콜라이조차도 그 서늘함에 몸을 부르르 떨 정도였다.

'아이고, 또 곡소리 나겠군.'

'그래도 재미는 있을 것 같다.'

'기사들이란 말이지? 그것도 에퀘스의 성역에 2좌를 차지하고 있는 플람베르 가문의 핵심인 친위대의 기사 말이야.'

그들 역시 무척이나 재미있을 것 같은 느낌이 자신도 모르게 미소를 떠올리고 있었다. 그런 다섯 명의 태도에 아론은 피식 웃을 수밖에 없었다.

'고생들 좀 해라.'

아론은 속으로 나직하게 친위대의 명복을 빌었다. 용병대원들이야 그동안 해온 훈련 방식이 있었다. 그래서 힘들지만 어느 정도 적응을 하고 있다고 봐도 무방했다. 하지만 기사들은 아니었다.

그들은 아마도 머리털 나고 처음 해보는 훈련일 것이기에 적응하기가 절대 쉽지는 않을 것이다. 그렇게 플랑드르에서의 하루가 지나갔다.

*   *   *

"그들은 돌아갔나?"

"그렇습니다."

"크르르, 인간들이 우리와 연합을 하자고 제안할 줄이야."

"인간들이라고 볼 수는 없을 겁니다."

골쿤이 음침하게 입을 열었다. 그에 드렉타스가 눈살을 찌푸린 채 골쿤을 바라봤다.

"사절로 온 인간은 어둠에 잠식되어 있었습니다."

"어둠에 잠식되어 있었다? 역시 우리에게 제약을 건 자에게 종속된 자이던가?"

"그렇습니다."

"크르르."

골쿤의 말에 드렉타스가 나직하게 울부짖었다. 그 사나운 울음에 골쿤은 어깨를 움찔 떨었다.

"골다르와 구카라크는 어떻게 되었나?"

"검은 바위 일족과 붉은 안개 일족을 복속시켰습니다."

"성과가 미미하군."

"죄송합니다."

"그들이 진행하는 방향은?"

"드래곤 산맥 쪽입니다."

"크르르, 드래곤 산맥이라……. 좋군. 더러운 숲의 일족과 대지의 일족을 모두 잡아들여라."

"명을 따릅니다."

"그리고 골가스를 플랑드르로 보내라. 인간들이 지원해 준 무구를 착용하고서 진군하라."

"드디어 시작입니까?"

"앞서가지 마라. 단지 그들의 힘을 가늠해 보려는 것뿐이다."

"우리 회색 오크는 강합니다."

그에 드렉타스는 갑자기 골쿤의 멱살을 잡아당기며 얼굴을 들이밀었다.

"대족장은 나다."

"큭. 무, 물론입니다."

그에 드렉타스는 골쿤의 멱살을 툭 밀며 놓아주었다. 골쿤은 손으로 목을 쓸며 두려운 눈으로 드렉타스를 바라본 채 조심스럽게 행동했다.

"오크족을 내 휘하에 두게 될 때 나는 인간을 사냥하기 시작할 것이다. 머지않았다. 허니 자중하고 또 자중하라. 또한 너는 명심해야 할 것이 있다."

"그것이 무엇입니까?"

그에 드렉타스는 자신의 손가락으로 머리를 툭툭 두드리며 말했다.

"이걸 제거하는 것."

"신명을 바치겠습니다."

"그래, 그래야 할 것이다."

CHAPTER 3
회색 오크 대족장 카툼

"기사앙! 기사앙!"

이른 새벽.

임페리움 용병대의 건물에서 어둠을 일깨우는 우렁찬 목소리가 들려왔다. 용병들이 머물고 있는 곳의 불이 켜지고 용병들은 빠르게 침구를 정리한 후 자리를 박차고 일어났다. 그들의 움직임은 군더더기 없이 신속하기 그지없었다.

그 목소리는 이제 임페리움 용병대와 함께 훈련을 받아야 하는 기사들의 막사에도 전달되었다. 기사들 역시 빠르게 움직였다. 하지만 절대 용병들처럼 빠르지는 않았다. 그래도 자존심이 있기 때문이다.

'나는 기사다.'

'기사로서 용병들과 함께 훈련하는 것도 기분 나쁘거늘 훈련하는 동안 그들의 명령을 받아야 한다니.'

'결코 쉽지 않을 것이다.'

아론이나 그레이는 인정한다. 물론 어제 그레이와 기절할 정도로 대련을 가진 얀센이라는 용병도 말이다. 그들은 마스터였으니까. 마스터는 용병이 되었든 기사가 되었든 그 신분 고하를 막론하고 존중 받아야 마땅한 존재이다.

'하지만 그 이하의 용병들은 다르지.'

마스터가 아닌 용병에게조차 숙이고 들어갈 수는 없는 노릇이다. 자신들은 기사니까. 그래서 기사들은 뭉그적거리면서 침구도 정리하지 않은 채 막사에 남아 있었다. 밖에서는 용병들이 어느새 모여 몸을 풀고 가볍게 연무장을 돌고 있었다.

밖의 상황이 궁금한 기사 중 몇몇은 창문으로 다가가 그들이 하는 양을 지켜보았다. 그러다 일반적인 몸 풀기가 아닌 것을 확인하고는 흥미롭게 그들이 하는 양을 지켜보기 시작했다.

"젠장! 이 용병 놈들은 대체 무슨 정신인 거야?"

"왜?"

"왜 종자 놈이 없는 거지?"

"하다못해 시종조차 없군."

"그러게 말이야. 대체 이놈들은 기사들을 어찌 생각하고."

그들은 불만은 토해내고 있었다. 하지만 몇몇은 조금은 이상함을 느끼고 있었다.

'아론이라는 자의 성정으로 보아 절대 우리를 가만히 둘 리가 없는데……'

'왜지? 이 불안감은 대체……'

그때 막사의 문을 열고 들어오는 두 사람이 있었다.

바로 베이얀 대주와 볼케이노 대주였다.

"기립!"

그 둘이 막사의 문을 열고 들어오자 메르헨 레드 드래곤 부대주가 외쳤다. 그에 기사들은 부동자세를 취했다. 용병들에게는 몰라도 그들 사이에는 상명하복이 철저했기 때문이다. 명령에 죽고 사는 그들이기에 당연한 일이다.

"뭘 하고 있나?"

베이얀 대주가 나직하게 입을 열었다. 그에 네 명의 부대주는 그의 물음이 무엇을 의미하는지 몰라 그저 부동자세를 취한 채 서 있을 뿐이다.

"제군들은 이곳에 놀러 왔나?"

"아닙니다."

네 명의 부대주가 동시에 대답했다.

"그럼 왜 여기 있지? 기상 소리가 들렸고, 기상 소리가 들려오면 당연히 연무장에 집합해야 하는 거 아닌가?"

"그건……."

베이얀 대주의 말에 우물쭈물하는 부대주들. 기사들은 뭔가 이상하게 돌아가고 있음을 눈치채고 긴장한 얼굴로 서 있다.

그때.

"갈! 아직도 정신을 못 차린 것인가?"

불같은 성정을 자랑하는 볼케이노 블러드 골렘 대주가 노호성을 터뜨렸다.

꿀꺽!

기사들의 얼굴에서 땀이 흘러내리기 시작했다. 베이얀 대주와 볼케이노 대주가 내뿜는 기세는 그야말로 형언할 수조차 없을 장도로 강력했다. 예전과는 전혀 달라진 그들의 모습.

"우리는 기사다. 가주를 죽음으로써 지켜야 할 기사다. 그런데 우리는 무엇을 했는가? 가주께서 독에 당하는 것도 몰랐다. 그것이 진정 우리가 가주의 친위대로서 역할을 다한 것이라고 생각하는 것이더냐?"

볼케이노 대주가 기사들을 둘러보았다.

"우리는 강해져야 한다. 그 누구도 가주님을 어찌할 수 없을 정도로 말이다. 그리고 강해지기 위해서라면 몬스터의 발이라도 핥아야만 한다. 한데 도대체 이것이 무슨 꼴이더냐. 훈련에 있어서 기사가 어디 있고 용병이 어디 있는가? 강해지기 싫은 것이냐?"

"아닙니다!"

기사들이 외쳤다.

"신분을 내세우지 말고 실력을 먼저 내세워라. 너희들도 보았을 것이다. 임페리움 용병대 대장의 실력과 그레이라는 자와 얀센이라는 자의 실력을 말이다. 그들은 오거다. 아니, 그들은 드래곤이다. 그런 드래곤 휘하에서 단련되고 있는 용병들이 약하다고 생각하는가? 진정 그렇게 생각하는가?"

볼케이노 대주의 말에 기사들은 자신들이 망각하고 있었다는 것을 깨달았다. 현실을 부정하고 있었다. 가주의 명이 아니더라도 마스터에게 훈련을 받는다는 것은 더없는 영광이다. 그런데 마스터인 용병은 인정하고 그들에게 담금질 당하고 있는 용병은 인정하지 않았다.

"너희들의 정신머리는 뼛속까지 썩어 있다. 훈련을 받기 싫은 자는 나서라. 언제든지 친위대에서 제명시켜 주마. 1분을 준다. 1분 이내 연무장에 집합하라. 또한 이 시간 이후로는 어떤 특별 대우도 바라지 마라."

말을 마친 베이얀 대주와 볼케이노 대주는 기사들의 막사를 벗어났다. 그때까지도 연무장에서는 여전히 용병들이 악을 쓰는 소리가 들려오고 있었다. 기사들은 그저 멍하니 있을 뿐이다. 그때 그들의 정신을 일깨우는 목소리가 있었다.

"뭣들 하고 있나? 대주님의 명을 못 들었는가? 1분이다!"

그러면서 빠르게 막사를 벗어났다. 그것을 시작으로 기사들 역시 빠르게 막사를 벗어났다. 그들은 연무장의 한쪽에 오와 열을 맞춰 섰고, 베이얀 대주가 볼케이노 대주보다 선임이기에 그가 아론에게 보고했다.

"202명 집합 끝!"

"양팔 간격."

아론은 보고를 받는 둥 마는 둥 하며 명령을 내렸다. 그에 재빠르게 움직이는 기사들. 그런 기사들의 모습을 보고 인상을 찌푸리는 아론.

"아직 멀었군."

이후 아론은 아무런 명령도 내리지 않았다. 이번 기회에 완벽하게 이들을 길들이지 않으면 안 됐다. 이미 길버트와 약속한 이상 이들을 생각 이상으로 단련시켜야 했다. 그러면서 아론은 슬쩍 두 명의 대주를 바라봤다.

'벽은 완벽하게 허물지는 못한 모양이로군.'

아론은 열중쉬어 자세로 서 있었고, 기사들은 차렷 자세로 서 있었다. 용병들은 아침 구보를 끝내고 막사로 들어가 개인 시간을 갖고 식사를 했다. 그때까지도 아론은 그저 뒷짐을 진 채 서 있었다.

서서히 태양이 떠오르고 강렬함을 자랑하면서 어둠은 물러나고 뜨거운 열기가 후끈하게 대지를 데우기 시작했다. 그럼에도 아론은 움직이지 않았다. 기사들 역시 움직이지 않았다.

한 시간, 두 시간, 세 시간……

시간은 계속 흘러갔다.

용병들은 마치 기사들이 없는 것처럼 훈련에 맹진했고, 아론은 여전히 말없이 단상을 지키고 서 있었다. 정오의 뜨거운 뙤약볕이 아론과 기사들의 머리에 쏟아져 내렸다. 그것은 상상 이상의 고통을 수반했다.

움직이는 것과 움직이지 않고 전신으로 뜨거운 뙤약볕을 받는 것과는 천양지차이다.

풀썩!

정오의 뙤약볕이 정점에 이르렀을 때 기사 한 명이 쓰러졌다. 하지만 다른 기사들은 움직이지 않았다. 그런 기사들을 보며 아론이 처음으로 입을 열었다.

"너희들은 동료가 쓰러졌는데도 움직이지 않나? 자기 한목숨 때문에 동료를 버리는가? 네놈들 따위는 훈련을 받을 자격이 없다. 돌아가라."

그것으로 끝이었다.

기사들은 부리나케 쓰러진 동료를 그늘로 이동시켰고, 입술에 물을 축여 열을 식혀주었다. 그리고 동료가 다시 원래의 화색을 되찾자 대열에 합류했다. 그들이 돌아왔을 때 아론의 모습은 어디에도 없었다.

그때 베이얀 대주와 볼케이노 대주가 무릎을 꿇었다.

"아집과 편견에 사로잡힌 저희들을 인도해 주시길!"

두 대주가 외쳤다.

그들의 입술은 말라가고 있었다. 그 둘은 무릎을 꿇은 채 일어나지 않았다. 어둠이 깔리고 밤이 되고 새벽이 되어 다시 아침이 되었을 때에도 기사들은 여전히 부동자세로 서 있었고, 두 대주는 무릎을 꿇고 있었다.

그런 그들을 불쌍하고 가엽게 여긴 몇몇 용병이 기사들 옆으로 은근슬쩍 물과 먹을 것은 놓고 사라졌다. 그렇게 시간이 지났다.

"어휴~ 저거 저러다 죽지, 죽어."

"설마 대장이 그럴라고."

"그렇긴 한데… 대장도 독하네."

"독하지 않으면 살아남기 힘들지. 처음 우리가 훈련 받을 때를 생각해 봐."

두 용병은 잠깐의 휴식 시간 동안 이틀째 계속되고 있는 기사들의 행동을 보며 대화를 나눴다. 처음 임페리움 용병대의 용병은 823명이었다. 하지만 지금 남아 있는 임페리움 용병대의 수는 고작해야 400명 남짓이다.

그 이유는 바로 훈련을 견디지 못하거나, 너무 노쇠하거나, 용병에 대해 환멸을 느낀 이들이 차례로 임페리움 용병대를 탈퇴했기 때문이다. 하지만 최종 405명이 남았을 때부터는 더이상 탈퇴하는 자가 없었다.

그들은 자신이 변해가고 있다는 것을 느끼고 있었고, 가슴 깊이 아론에게 승복했기 때문이다. 그러나 여러 이유들 중 그래도 큰 비중을 차지한 것은 역시 일정한 급여가 지속적으로 지급된다는 것이 가장 컸다. 자신은 훈련만 열심히 받으면 되었다.

의식주가 해결되자 생활이 안정되었다. 거기에 더불어 자신들의 실력이 스스로가 느낄 정도로 빠르게 상승하고 있었다. 개중에는 마나를 깨달아 익스퍼트에 오른 이도 꽤 되었다. 중대장은 물론이고 소대장과 분대장은 대부분이 익스퍼트에 오른 이들이다.

그래서 그들은 희망을 봤다. 안정적인 데다 희망을 봤으니 그들은 더 이상 이리저리 휘둘리지 않았다. 최종적인 405명의 용병은 이제 진정한 임페리움 용병대의 대원이 된 것이다. 그렇게 3개월이라는 시간이 지났다.

분대장이 아니어도 마나를 깨달은 자가 생겨나기 시작했고, 용병들은 더욱더 훈련에 박차를 가했다. 희망이 멀리 있다면 체감하지 못했을 것이다. 한데 바로 눈앞에서 희망이 보였다. 체감했는데 어찌 중독되지 않을까?

그들의 훈련을 지독하고 치열했다. 그 와중에 살아남은 이들은 익스퍼트에 오른다. 그 시기의 차이는 있겠지만 어쨌든 용병으로서 꿈에도 그리는 익스퍼트에 오를 수 있었다. 용병들은 기사들을 불쌍하게 생각하지 않았다.

이것이 바로 아론의 시험이었다. 그 시험을 통과하지 못하면 그에게 훈련을 받을 자격이 없다. 자신들 역시 마찬가지였다. 아론에게 시험을 당했고, 그 시험을 통해 지금 익스퍼트에 오르지는 않았지만 대부분이 마나를 느끼고 있었다.

익스퍼트란 적어도 언더 코어에 10년의 마나를 담을 수 있어야만 가능했으니 말이다. 마나를 느끼고 언더 코어에 10년의 마나를 담을 때까지는 그저 소드 유저일 뿐이다. 용병들이 기사들에게 물과 먹을 것을 곁에 둔 것은 그들이 불쌍해서가 아니었다.

참고 견디라는 말이다. 한마디로 포기하지 말고 시험을 이겨내라는 말이었다. 물론 용병들보다 기사들이 체력적으로 훨씬 뛰어난 것은 맞다. 하지만 그렇다고 해서 지금 시험을 받고 있는 기사들이 용병들보다 강하다고는 할 수 없었다.

지금 남아 있는 용병은 모두 최하가 마나를 느낄 수 있는 경지에 도달해 있었다. 그게 무에 그리 대단하냐고 묻는다면 그것은 실로 대단한 것이라 대답할 수 있었다. 용병들은 제대로 된 마나 호흡이나 검술이 없었다.

그 말은 순전히 스스로의 재능으로 그 모든 것을 쟁취해야 한다는 말이다. 기사들처럼 누가 가르쳐 주지도, 인도해 주지도 않는다. 그러한 면에서 보자면 익스퍼트에 오른 용병들은 기사들보다 재능적으로 더 뛰어난 이들이라 할 수 있을 것이다.

"조금 힘들기는 했지."

"지금이야 조금 힘들다고 하지만 그때는 얼마나 고통스러웠나? 남아 있는 사람보다 떠나는 사람이 더 많을 정도였으니. 실제 절반 이상이 그 극악한 훈련을 견디지 못하고 떠나지 않았는가?"

"그건 그렇지."

"어쨌든 저들도 빨리 깨달아야 할 거야."

"그렇겠지."

그렇게 잠시간의 휴식을 마치고 용병들은 다시 집합해 훈련을 거듭하기 시작했다.

"우리가 왜… 이래야 하지?"

그때 부동자세로 서 있는 기사들 사이에서 그런 말이 튀어나왔다.

"용병들에게 질 수는 없으니까."

"고작 용병들이야."

"보지 못했나?"

"뭘?"

"용병들이 하는 훈련."

"……"

입술이 부르트고 정신이 혼미한가운데 두 기사가 대화를 이어가고 있다. 그들이 대화하는 이유는 견디기 위해서였다. 어떻게 해서든지 동료로서 버티려고 했다. 그런데 그 와중에 불만이 치솟아 올랐다.

자신들이 왜 이래야 하는지에 대해서 의문이 생긴 것이다. 이미 두 명의 대주가 그 의미를 알려줬음에도 불구하고 받아들이지 못하는 기사는 여전히 있었다. 하지만 그것이 제정신으로 한 말이 아니라는 것쯤은 모두 알고 있다.

쓸데없는 투정이라는 것도 알고 있다. 현 상황을 이겨내는데 전혀 도움이 안 되는 것도 앎에도 불구하고 그들은 끊임없이 대화를 했다. 침이 말라 혓바닥이 쩍쩍 갈라질 것만 같아도 말이다.

"이봐, 쟌."

"왜?"

"견디자. 그리고 보여주자. 기사로서, 친위대로서 모든 것을 말이다."

"아니, 아니, 그래서는 안 돼. 우리는 저들을 용병으로 대하면 안 돼."

"그게 무슨 소리냐? 저들이 용병이 아니면 대체 뭐란 말이냐?"

"그들은 우리의 선배지."

"선배라니? 무슨 가당치도 않은 소리냐?"

"그들은 우리보다 더 많은 경험을 했다. 우리가 훈련을 할 때 그들은 화살 속으로 뛰어들었고, 우리가 자존망대할 때 그들은 동료에게 등을 맡기고 몬스터와 싸웠다. 검이나 체력적인, 혹은 지위로는 우리를 따르지 못하지만 경험과 동료를 신뢰하는 데 있어서 우리는 그들을 따르지 못한다."

"그건……."

"인정할 건 인정하자. 너도 그랬지 않은가? 실력도 없으면서 고개를 빳빳이 들고 되지도 않을 명령을 해대는 작자들을 싫어하지 않았는가?"

"그… 랬지."

"그럼 물어보자. 우리가 그들과 다른 점이 뭐지?"

"우리는 실력이 있다."

"어떤 실력? 용병들이 하는 훈련을 우리가 이겨낼 수 있을까?"

"그건……."

장담할 수 없었다.

"저들이 우리보다 실력이 못하다고 할 수 있을까?"

"그……."

이것 역시 장담할 수 없었다.

"우리는 지금까지 아집과 편견에 휩싸여 있었다. 그것을 가장 경계했으면서도 우리는 그것을 그대로 행하는 우를 범하고 말았지. 그리고 훈련에 있어서 복명복창은 기본이다. 임페리움 용병대의 대장에게 대주가 신고를 하고, 우리는 뭘 했지?"

"……."

말이 없다.

"복명복창도 없었다. 빠르다고는 하지만 일사불란하지 못했지. 저기 우리의 앞에 모든 것을 버리고 무릎을 꿇고 있는 대주님들은 그것을 깨달은 것이다. 내가 보기에 저 두 분은 벽을 조금이라도 허물었을 것이다."

"그게 무슨……."

"생각해 봐라. 막사에서 우리를 옴짝달싹도 하지 못하게 하던 대주님들의 기세를. 과거였다면 그런 기세를 내지 못하셨겠지. 하지만 불과 하룻밤 사이에 두 분의 기세를 받아들이기 힘들었다."

"그건 설마……."

"나도 모른다. 단지 그렇게 느꼈을 뿐이다. 나는 지금 이 순간에도 이것을 우리를 무시한 처사라고 생각지 않는다."

"당연한 것인가?"

"네 말이 맞다."

"그런가?"

둘의 대화가 끊겼다. 그 두 기사의 대화는 많은 것을 시사해 주고 있었다. 이제 기사들은 생각하게 되었다. 자신들의 잘못이 무엇인지, 왜 자신들을 이끄는 대주가 무릎을 꿇어야 하는지 말이다.

그리고 그들은 다시 새로운 태양이 떠오를 때 참으로 어리석었다는 것을 깨달았다. 그렇게 3일이라는 시간이 지난 후 아론이 다시 모습을 드러냈다. 기사들은 그 시간까지 쓰러지지 않고 버텨내고 있었다.

"해산!"

아론이 간단하게 입을 열었다. 그에 처음 그 말이 무슨 말인지 몰라 의아해하던 기사들은 이내 그 말의 뜻을 깨닫고 말라비틀어진 웃음을 떠올릴 수 있었다. 그리고 갑자가 하늘이 노래지는 느낌을 받았다.

'바닥이 딱딱할 줄 알았는데 편하군.'

그들은 쓰러지며 그렇게 생각했다. 단 한 명도 예외 없이 그대로 쓰러졌다. 그나마 두 대주만이 자리에서 일어나며 아론에게 허리를 숙였다.

"받아주셔서 감사합니다."

"이틀 후 훈련에 합류한다."

"명!"

*   *   *

플랑드르의 북쪽을 온통 차지하고 있는 타베스 산, 그 깊숙한 곳에서 일단의 무리가 움직이고 있다. 전원 풀 플레이트 메일이 아닌 이런 숲 속에서 활동하기 편한 몬스터의 가죽으로 만든 레더 메일을 착용하고 있었으며, 그 움직임은 신중하기 그지없었다.

그러다 문득 가장 선두에 선 자가 멈춰 서자 그를 따르는 이들 역시 자리에서 멈추며 가장 선두에 선 자를 바라봤다. 선두에 선 자는 손가락 두 개로 자신의 눈을 가리킨 뒤 손바닥을 모두 펴고 사선 방향으로 좌우 두 곳을 가리켰다.

그러자 그의 뒤를 따르던 몇 명의 인물이 좌우로 갈라지면서 은밀하게 움직이기 시작했다. 그들의 움직임은 신속하고 어떤 소리도 들리지 않았다. 특이한 것은 그들의 왼쪽 팔에 짙푸른 끈이 매어져 있다는 것이다.

그리고 그들이 향하는 곳에서 조심스럽게 움직이는 일단의 인물들이 있었고, 그들의 왼쪽 팔에도 검붉은 끈이 매어져 있었다. 그리고 그들 역시 주변의 상황이 이상하다는 것을 깨달았는지 이동을 멈추고 사방을 조심스럽게 경계하기 시작했다.

일단의 인물들 대장인 듯한 자가 주먹을 쥐자 일행이 멈춰섰고, 각각 한 명씩 가리킨 후 방향을 지시했다. 그에 일행은 각기 방향을 경계하며 조심스럽게 이동했다.

피이잉!

그때 그들의 귓전을 때리는 날카로운 소리가 들려왔고, 일행은 지체 없이 나무에 몸을 숨겼다.

타다닥!

들리는 소리는 하나였음에도 불구하고 나무에 부딪치는 소리는 여러 개였다. 그럼에도 그들은 소리를 내지 않았고, 오히려 더욱 집중해 사방을 주시하며 자신들을 공격한 이들을 찾아내려 했다.

그들이 자신이 맡은 방향에 집중할 때 그들의 머리 위로부터 무언가 소리도 없이 내려오기 시작했다. 마치 거미처럼 말이다.

툭!

무언가 차가운 것이 목 언저리에 닿자 맡은 바 방향을 주시하고 있던 자는 너무 놀라 자신의 목에 대어진 차가운 것을 따라 고개를 돌렸다. 그의 표정이 처참하게 일그러졌다.

"죽었네?"

"……."

나직하게 속삭이는 자, 힘없이 주저앉는 자.

그리고 다시 나무에서 타고 내려온 밧줄을 풀고 힘없이 주저앉은 자는 신경조차 쓰지 않고 다시 움직여 나가기 시작했다. 그런 그의 뒷모습을 허망하니 바라보는 자는 이내 고개를 절레절레 저으며 나직하게 한숨을 내쉬었다.

사내가 사라진 지 얼마의 시간이 지났을까? 마침내 훈련 종료를 알리는 소리가 들려왔고, 자리에 주저앉은 사내들과 그들을 공격한 이들이 한 자리에 모였다. 한쪽은 얼굴 가득히 미소를 떠올리고 있고, 한쪽은 있는 대로 일그러져 있다.

이후 사람들이 속속들이 모여들었고, 마침내 양측 모두 4백 명이 넘어가는 인원이 모여들었다. 어디에 이 많은 사람들이 숨어 있었는지 알 수 없는 일이다. 그중에는 익히 알고 있는 자의 얼굴도 있었는데 바로 얀센과 플람베르 가문의 친위대를 이끌고 있는 두 명의 대주 역시 존재했다.

"1중대 승! 이의 있나?"

"없습니다."

얀센의 물음에 두 대주는 고개를 흔들며 패배를 인정했다. 그에 용병들은 희희낙락하면서 자신의 등 뒤에 짊어진 군장을 그들에게 넘겼고, 친위대의 기사들은 말없이 용병들의 군장을 짊어졌다.

"복귀 준비!"

얀센이 외치자 용병들은 친위대를 중앙에 두고 좌우로 늘어섰다.

"복귀!"

그리고 그들은 다시 뛰기 시작했다. 베이스캠프로 돌아가기 위해서이다. 용병들은 자신들의 전용 무기만 들고 가벼운 모습으로 뛰어가기 시작했고, 기사들은 자신의 군장과 용병들의 군장 두 개를 짊어지고 베이스캠프로 달려가기 시작했다.

하지만 달려가고 있음에도 불구하고 그들은 기척 하나 내지 않았다. 기사들 역시 마찬가지였다. 기사들은 애초에 그들이 자랑스럽게 생각하는 풀 플레이트 메일조차 걸치지 않고 용병들과 같은 레더 메일을 걸치고 있었다.

친위대를 이끄는 베이얀 대주와 볼케이노 대주는 말없이 자신들을 따르는 기사들을 바라봤다. 이곳에 온 지, 아니, 임페리움 용병대와 훈련을 시작한 지 벌써 보름이 지났다. 불과 보름밖에 지나지 않았지만 자신들에게는 많은 변화가 일어났다.

우선 용병들을 진심으로 인정하게 되었다는 것이다. 그리도 콧대 높던 기사들이었다. 그런데 그들이 용병들과 자연스럽게 어울리게 되었고, 강제적인 것이 아닌 스스로 용병들과 마음을 터놓게 된 것이다.

그렇게 됨으로써 기사들과 용병들은 서로 교류를 할 수 있게 되었다. 용병들은 기사들의 정통 검술과 마나 호흡법에 대한 단초를, 기사들은 용병들의 실전적인 검술과 경험을 배웠다. 훈련 참여에 늦고 빠름이 없이 언제나 똑같이 이뤄졌다.

그리고 지금과 같이 타베스 산이나 티말 산에서 벌어지는 훈련은 보름 동안 단 한 번도 이겨본 적이 없었다. 다만 점점 더 나아지고 있었다. 숲에서 몸을 숨기고, 적을 추적하고, 이동 간에 어떻게 움직이고 어떻게 숨을 쉬어야 하는지 기사들은 몸으로 체득하게 되었다.

그것은 돈을 주고도 배울 수 없는 귀중한 것이다. 용병들은 그런 경험을 스스럼없이 기사들에게 가르쳐 줬고, 기사들은 그것을 기꺼이 받아들였다. 이제는 스스럼없이 서로에게 농담을 할 정도였다.

덕분에 훈련 성과는 눈에 띄게 좋아지고 있었다. 그들은 베이스캠프에 돌아온 이후에나 겨우 군장을 벗을 수 있었고, 약간의 휴식이 허락되었다.

"후아~ 겨우 도착했네."

"그러게 말이다."

기사들은 오와 열을 맞춘 상태에서 그대로 땅바닥에 털썩 주저앉으며 나직하게 한숨을 내쉬었다.

"제길, 오늘도 졌군."

"그러게."

기사들은 흘깃 용병들을 바라보고 고개를 절레절레 저으며 말했다. 보름 동안 단 한 번도 이기지 못했다. 하지만 기사들은 하루하루 자신들이 발전하고 있음을 느끼고 있었다. 그래서 만족스러웠다.

고통스럽게 힘든 훈련 끝에 자신들이 강해진다는 것을 체감하니 당연했다. 그것은 기쁨과 환희였다. 일상에서 벗어나고 무언가를 해낸다는 성취감을 주었다.

"휴식 끝! 집합!"

6백 명의 인원이 한곳으로 집합했다. 이번 훈련에 대해 총평을 하고 우승한 조를 뽑았으며, 그들에게 상금과 복귀 때까지 휴식이 주어졌다. 그 와중에 조촐한 먹을 것과 마실 것이 주어졌다. 고된 훈련에 대한 작은 포상이었다.

기사들과 용병들이 스스럼없이 어울리기 시작했다. 그 와중에 훈련교관 천막에 각 교관과 지휘관들이 모여들어 회의를 진행하고 있다.

"이겁니다."

그때 마이크가 무언가를 탁자 위에 올려놓았다. 아렌을 비롯한 모든 이의 시선이 마이크가 탁자 위에 올려놓은 물건에 쏠렸다. 그것은 임페리움 용병대임을 알리는 인식표였다. 그리고 그 인식표에는 또 다른 표시가 있었는데 바로 반으로 잘려 있었다.

인식표가 반으로 잘렸다 함은 임페리움 용병대에 적을 둔 것이 아니라 임페리움 용병대를 떠났음을 의미한다. 여기서 중요한 것은 그런 반으로 잘린 인식표가 그들의 눈앞에 있고, 이것이 훈련 도중 타베스 산에서 발견되었다는 것이 문제였다.

"어떻게 생각하나?"

"버렸을 리는 없습니다."

아론의 질문에 브라이언이 대답했다. 확실히 그의 말이 맞았다. 그들은 능력이 되지 못해, 혹은 개인적인 사정으로 인해 임페리움 용병대와 함께하지는 못했지만 한때 임페리움 용병이었다는 것을 부끄러워하지는 않았다.

그리고 그것 역시 추억이나 혹은 자신의 간직할 만한 과거로 인식하고 있었다. 그런 것을 버릴 이유가 없었다. 또한 인식표가 무거워서 버릴 정도도 아니다.

"그렇다는 말은 누군가에 의해 강제적으로 뜯겼거나 일부러 흘렸다는 말이로군."

"그렇습니다."

"흠. 이곳은 타베스 산의 중간 정도 되는 곳이지. 개척된 타베스 산의 초입과는 좀 다르지. 그렇다고 이곳에 산적이 있는 것도 아니고 말이야."

"결론은 몬스터라는 말이로군요."

"그런 셈이지. 그런데 그들이 아무리 실력이 떨어진다 해도 석 달 정도 함께 훈련 받은 이들이야. 그런 이들이 이 인식표를 강제, 혹은 일부러 남겼을 만한 이유가 있을까?"

"상상 외의 강력한 몬스터를 만났을 경우입니다."

"아니면 또 다른 존재가 있거나 말이우."

"둘 중 어느 것이 더 우세할까?"

"또 다른 존재가 더 우세하지 않겠습니까?"

그때 그들의 대화 사이로 베이얀 대주가 끼어들었다.

"그렇게 생각하는 이유는?"

"이곳에서 최상위 몬스터는 트롤 정도입니다. 하지만 트롤이라면 타베스 산의 중심에서 살 것이고, 그렇다면 남은 것은 오크인데 오크 역시 훈련하는 동안 거의 보지 못했습니다."

"그렇기도 한데……."

아무래도 미심쩍었다. 그에 아론은 그레이를 바라봤다. 아론의 시선을 받은 그레이가 미미하게 고개를 끄덕이며 침중하게 입을 열었다.

"이건… 오크들의 짓이다."

그에 아론은 고개를 끄덕였다.

"역시 그런가?"

"형님, 그게 무슨 말이우?"

제라르가 아론과 그레이의 대화를 듣고 고개를 갸웃하며 물었다. 그에 아론은 모두를 바라보며 무겁게 입을 열었다.

"회색의 숲에서 회색 오크들을 경험했지?"

"그야……."

"우리가 경험한 회색 오크는 완벽하게 인간들의 언어를 구사하고 전술을 사용했다."

"그럼……."

"그런 그들이 과연 회색 숲만을 고집할까? 시베리아 제국이 구축한 보급 기지에 있는 모든 인간의 껍질을 벗겨 나무에 주렁주렁 매달 정도로 포악한 그들이?"

"그 말은……."

"그래. 나는 회색 오크로 짐작하고 있다."

베이얀 대주와 볼케이노 대주는 대체 무슨 말인지 알 수 없었다. 갑자기 회색 오크가 왜 나오고 회색의 숲은 또 왜 나오는지 말이다. 그때 아론이 두 대주를 바라보며 물었다.

"비밀을 지킬 수 있나?"

"무슨 비밀 말입니까?"

"이 자리에서 일어난 모든 것에 대한 비밀."

"목숨을 걸어야 합니까?"

"딱히 그렇지는 않아. 하지만 현재 상황을 이해시키려면 그 정도의 다짐은 받아야 하겠어서 말이지."

"다짐입니까?"

"그래."

"하지만 여기저기 발설하고 다녀서는 안 되는 것이겠지요?"

"당연하지."

"그 여기저기 중에 가주님과 소가주님도 포함됩니까?"

"아니. 길버트는 이미 알고 있겠지. 같이 경험했으니."

"그렇다면 지킬 수 있습니다."

베이얀 대주와 볼케이노 대주가 동시에 대답했다. 그에 아론은 그레이를 보며 고개를 끄덕였고, 그레이는 잠시 머뭇거리다 이내 얼굴 뒤편을 조심스럽게 뜯어냈다. 처음엔 무슨 행동인가 하고 의문의 얼굴을 하던 이들이 모두 눈을 동그랗게 뜨고 그레이를 바라봤다.

"소개하지. 회색 오크 부족의 대족장인 카툼을."

"반갑다. 회색 오크 부족의 대족장이었으나 지금은 도망자 신세인 카툼이다."

"워, 워매~"

제라르의 입에서 당혹성이 터져 나왔다. 그것은 얀센 역시 다르지 않았다. 지금 아론 자신을 포함해 여기 모여 있는 아홉 명 중 회색 오크의 무서움을 알고 있는 이는 자신을 비롯해 제라르와 얀센뿐이다.

그런데 자신들의 눈앞에 있는 거대한 체구의 사내가 회색 오크 대족장이란다. 특히나 얀센의 놀라움은 더욱 컸다. 그와 대련을 함으로써 그레이트 마스터에 오른 자신이기 때문이다. 자신이 그레이트 마스터가 되었다면 오크 대족장 역시 마찬가지일 터이다.

"어떻게… 된 겁니까?"

그중 정신을 먼저 추스른 얀센이 아론에게 물었다.

"길버트와 플람베르 가문으로 가는 도중 쫓기고 있더군."

"그래서 구한 것입니까?"

"그래."

"아무리 그래도……."

"오크 따위라고 말하고 싶은가?"

"그건……."

"그들은 우리와 같이 생각하고 우리와 같은 사회를 이루고 있다. 전략과 전술을 다루고 있으며, 체계는 다르지만 주술사와 전사가 있고, 전사의 경우 각 단계에 맞는 호칭까지 있다. 이런 그들이 과연 몬스터라고밖에 불릴 수 없을까?"

"……."

아론의 말에 얀센은 입을 닫았다.

"기사들이 그런 것처럼 우리 역시 그들을 편협한 잣대로 대하고 있는 것이다. 이미 엘프와 드워프, 혹은 수인족의 유사 종족들이 용병으로서, 혹은 그들만의 왕국을 구축하고 있다."

"하지만 그들은……."

"물론 그들은 오랜 세월 동안 인간과 함께하고 있지. 그들만의 독특한 문화와 언어를 가지고 있고 말이지. 우리가 본 회색 오크 역시 그러했다. 그들만의 언어와 문화를 가지고 있었다. 그렇다면 그들을 몬스터로 대하기보다는 유사 인류, 혹은 또 다른 독립된 종족으로 대해야 하는 것이 맞지 않나?"

확실히 아론의 말이 맞았다. 그런데 의문이 생겼다.

"하지만 몬스터로서 오크들은 문화나 언어가 없었습니다."

"그렇지. 그런데 시베리아 제국을 한번 생각해 봐야 할 것 같지 않은가?"

"갑자기 시베리아 제국은 왜?"

"그들은 시베리아 제국이라는 이름 아래 하나로 묶이기 전에는 그저 부족에 지나지 않았다. 미개한 종족 말이다."

"그건……."

"오크 종족 또한 그렇게 이해하는 것이 맞다."

"……."

아론의 결론에 다들 어떤 말도 꺼낼 수 없었다. 실제 자신들의 앞에 그 결론을 증명하는 오크가 있으니 대체 무슨 말을 할 수 있으랴. 그리고 그동안 함께 생활하며 보고 느끼지 않았는가? 인간과 전혀 다르지 않음을 말이다.

아니, 오히려 훈련이나 기사들이 용병들을 대함에 있어서 훨씬 더 담대하고 사내다운 모습을 보여주지 않았는가? 그때 카툼이 얀센에게 시선을 돌려 입을 열었다.

"미안하군."

"무엇을?"

"본의 아니게 속이게 되어서 말이지."

"…아니."

잠시 말문을 닫았다가 느릿하게 입을 여는 얀센이다.

"그 말은 내가 해야 했다. 겉모습이 대체 무엇일까? 이제 와서 생각해 보니 난 자네를 겉으로만 친우로 대한 것 같군."

"나를 받아들이겠다는 건가?"

"자네는 이미 내 친우이지 않은가?"

얀센의 말에 카툼의 눈이 커졌다. 자신의 원래 모습을 보고도 친우로 받아들였다. 이것은 인간으로서 정말 힘든 결정이라 할 수 있다. 그런 얀센의 말에 제라르가 피식 웃으며 너스레를 떨었다.

"워매, 형님이 또 생겼구만. 제기랄."

아론과 얀센, 그리고 제라르가 인정했다. 그렇다면 네 명의 용병은 물어보나마나였다. 아론이 오거를 가리켜 고블린이라 하면 고블린이라 할 정도로 신심이 큰 그들이니 당연한 일이다.

아론은 네 명의 용병에게 시선을 두고 고개를 끄덕였다. 그리고 두 대주를 바라봤다.

"소가주께서 그를 동료로 인정하셨습니까?"

"인정했지."

"……."

인정했다는 말에 잠시 머뭇거리는 두 대주이다. 실로 감당하기 힘든 상황이다. 오크를 동료로 인정해야 한다니. 그들은 다시 한 번 카툼을 바라봤다.

"왜 쫓기게 되었소?"

"나는 우리의 살길이 인간을 정복하는 것에 있지 않다고 생각했다. 또한 우리의 고향은 점점 죽어가고 있었다."

"죽어가고 있었다?"

"현재 회색 오크족의 대족장은 나와 적대 관계에 있는 드렉타스이다. 또한 드렉타스의 옆에는 골쿤이라는 대주술사가 있다."

거기까지 말을 한 카툼은 잠시 말을 끊고 자신의 앞에 놓인 물을 한 잔 들이켠 후 다시 입을 열었다.

"그 골쿤은 인간의 마법사로 비교하자면 흑마법사라고 할수 있다. 그것도 7서클에 해당하는 고 서클의 흑마법사. 그는 어둠의 마법에 정통해 있다. 대족장 드렉타스는 대주술사 골쿤과 손을 잡고 오크족의 영광을 위한다는 미명 아래 오크 부족들을 통합하기 시작했다."

그 이후의 상황은 보지 않아도 뻔한 일이다. 인간이나 오크 나 모두 마찬가지다. 권력과 힘에는 필연적으로 전쟁을 유발 하게 되어 있다. 특히나 호전적인 오크들이라면 더욱더 그러 할 것이다.

"그 와중에 수없이 많은 오크 부족이 멸족당하기도 하고 그 들의 힘을 강화시키는 데 제물로 사용되었다. 그 제물에는 인 간도 있고 유사 종족도 있었다."

"그것을 반대한 것이오?"

"그렇다. 평소 나의 아버지는 그런 강압을 싫어하셨지. 오크 는 오크만의 율법이 있기 때문이다. 그 율법을 어기면서까지 오크들을, 혹은 타 종족을 억압하기 싫어하셨다. 오크 역시 하나의 종족이기 때문이다."

"결국……."

"너의 생각이 맞을 것이다. 권력은 나누지 못하고 힘은 피 를 원하지."

"그래서 쫓긴 것이오?"

"그렇다."

"그래서 무엇을 하고자 하는 것이오?"

"그들을 막아야지."

"오크들을 말이오?"

"그래, 오크들. 과거의 오크라고 생각해서는 안 될 것이다.

나는 너희들이 말하는 그레이트 마스터다. 하지만 현재 오크족을 이끌고 타 종족을 제물 삼아 오크족을 강화시키고 있는 드렉타스는 그랜드 마스터이다. 막을 수 있겠는가?"

그랜드 마스터라는 말에 베이얀 대주와 볼케이노 대주는 입을 닫았다.

그랜드 마스터.

인간으로서 오를 수 있는 최고의 경지. 인간의 한계인 300년의 마나를 얻고 언더 코어와 미들 코어, 그리고 하이퍼 코어를 개척한 자, 오러 리플렉트와 플라잉 블레이드를 사용하는 자, 혹은 전설의 드래곤과도 대적할 수 있는 자.

그랜드 마스터를 지칭하는 말은 수없이 많았다. 하지만 신화시대 이래로 그랜드 마스터의 경지에 오른 이는 없었다. 물론 그랜드 마스터 위로 마나의 제한이 사라지는 인피니티 마스터와 자연 합일과 모든 것을 초월한 신적인 존재인 올 마이티 마스터가 존재하기는 했다.

하지만 그랜드 마스터조차 밟아보지 못한 인간이 어찌 인피니티 마스터나 올 마이티 마스터의 경지를 바라볼 수 있을까? 또한 마나 친화적인 드워프나 엘프 왕국의 가장 강한 검사조차도 그랜드 마스터에 올랐다는 말은 들어본 적이 없다.

그런데 미개한 몬스터로만 알고 있는 오크에게서 그랜드 마스터가 나왔다. 도대체 이것을 어찌 설명해야 한단 말인가? 허무맹랑한 말이라고 치부하기에는 지금 자신들의 앞에 있는 카툼이 그레이트 마스터라는 점에서 믿지 않을 수도 없는 일이다.

'어쩌면 재앙이 될 수도.'

인간보다 강건한 신체를 가지고 있는 오크이다. 그런 존재가 그랜드 마스터에 올랐다. 하지만 그들의 놀람은 거기에서 끝나지 않았다.

"또한 대주술사 골쿤은 타 종족의 힘을 빼앗아 인위적으로 전사들을 더욱더 강력하게 만드는 방법을 알고 있다. 내가 대족장에 있을 때만 해도 완성된 지 얼마 되지 않아 그리 큰 효과는 없었다. 하지만 시간이 지난 지금은 어떨까?"

"그런……."

실로 듣도 보도 못한 말이다. 인위적으로 전사의 단계를 높일 수 있다니. 그렇다면 그렇지 않아도 강력한 오크들에게 그야말로 날개를 단 격이지 않는가?

베이얀 대주와 볼케이노 대주는 혼이 빠진 것 같은 얼굴이다. 그들을 바라본 후 아론은 이제 어느 정도 되었다는 듯이 다시 입을 열었다.

"그런데 이것이 오크라는 것을 어떻게 아는 거지?"

"오크에게는 오크만이 느낄 수 있는 특유의 투기가 존재한다."

"그 투기가 이 인식표에 깃들었다는 것인가?"

"마스터였을 적에는 몰랐으나 그레이트 마스터에 오른 이후 확실하게 느낄 수 있었다."

"그렇군. 그렇다면 그들이 이곳까지 진출했다는 것인가?"

"그런 셈이 되겠지."

"그냥 둘 수는 없겠군."

"아마도."

"실전을 경험하기에는 최고의 상대군."

"어려울 것이다. 이 지역의 오크족을 복속시키려 했다면 적어도 만인대 규모로 움직일 테니까."

"만인대가 한꺼번에 움직이지는 않겠지."

"그야 물론."

"그리고 우리는 마스터가 있지. 나도 있고."

아론의 말에 자신도 모르게 고개를 끄덕이고 마는 카툼. 그레이트 마스터에 올랐음에도 불구하고 아론의 경지는 여전히 오리무중이었기 때문이다.

'그가 나선다면 십만이 온다 해도 결코 이곳을 어찌할 수 없을 것이다.'

아론은 그만큼 강했다.

소드 마스터일 적에 느끼는 그의 강함과 그레이트 마스터가 되어 느끼는 그의 강함은 차원이 달랐다. 얀센이라는 인간도 강했다. 거의 백중세였다. 하지만 제라르라는 인간 역시 무시 못 할 자였다.

또한 그를 따르는 네 명의 용병도 마찬가지였다. 그가 알고 있는 지식 선에서 인간 용병들의 실력은 딱히 오크 전사들과 비교할 필요도 없을 정도였다. 한데 임페리움 용병대는 달랐다. 마치 전설의 드래곤 레어와 같은 느낌이 들었다.

'단지 수가 너무 적다는 것이 흠이다. 중과부적이다.'

그것이 아쉬울 따름이다. 아무리 아론이 강하다 해도 몇백만을, 혹은 모든 전선을 홀로 감당할 수 없다.

"조금 아쉽기는 하군."

"아쉽다라……."

아론의 말을 되뇌는 카툼. 확실히 그 역시 아쉬웠다. 조금만 더 시간이 있었다면 용병대는 더 성장할 수 있었을 것이다. 세력 역시 더 확장되었을 것이다. 아마도 그것을 두고 아쉽다고 하는 것일 게다.

"하지만 일단 당면한 문제를 해결해야겠지."

아론은 결정을 했고, 기사들과 용병들은 실전을 준비했다. 조금은 웅성거림이 있었지만 그리 격한 반응은 아니었다. 그동안 그들은 많은 땀을 흘렸기 때문이다.

CHAPTER 4

나와 같은 자가 있다

"이곳이 플랑드르의 타베스 산인가?"

"지도상으로는 그렇게 나와 있군."

대화를 나누는 이들은 회색 오크였다. 다른 여타 오크보다 조금 더 큰 체구를 가지고 있고, 조금 더 험악한 상처를 가지고 있는 오크들. 바로 골가스가 이끄는 만인대의 3천인장 그로코크와 4천인장 탈로크였다.

3천인장 그로코크는 아래에서 위로 솟아오른 두 개의 날카로운 송곳니 중 하나가 중간 지점에서 부러져 있었으며, 4천인장 탈로크는 왼쪽 눈 아래로 긴 검상을 지니고 있었다.

"타베스 산에는 어떤 종족이 살고 있지?"

"별거 없다. 그저 그린 오크 부족이 살고 있을 뿐이다. 중간 중간 트롤 족과 오거 족이 있기는 하지만 그리 크게 신경 쓸 이유는 없다."

"어느 쪽으로 갈 텐가?"

"난 저쪽 능선을 타고 타베스 산의 좌측을 맡지."

"그럼 난 우측인가?"

둘은 순간 서로의 얼굴을 바라봤다. 아니, 바라봤다기보다는 쏘아봤다고 하는 게 맞을지도 모른다. 같은 만인대에 속해 있지만 서로에게 경쟁심과 함께 투쟁심을 느끼고 있는 그들이다.

"누가 더 많이 죽이는지 보자."

"자신 있는 모양이군."

"녹색 오크 정도야 문제도 아니지. 중요한 건 바로 인간들 아니겠나?"

"그런가? 그것도 좋군."

그들은 서로 갈라졌다.

* * *

아론은 용병들 중 익스퍼트에 오르지 못한 이들을 플랑드르로 복귀시켰다. 그러자 절반이 플랑드르에 복귀하고 절반의 인원이 남았다.

2백의 용병과 2백의 기사.

그들만 남았다.

아론과 그레이, 그리고 얀센은 따로 움직이기로 했다. 그들이 아니고도 용병을 지휘할 인물은 얼마든지 있었다. 그 연유는 바로 그레이의 말대로 만인대가 움직였다면, 인간으로 치면 소드 마스터가 존재한다는 것을 의미하기에 빠르게 만인대장을 찾아 제거하려는 판단이었던 것이다.

4백의 용병과 기사들이 각각 1백으로 갈라져 흩어졌다. 하지만 언제나 보일 수 있고 연락이 가능한 거리를 유지한 채 이동하며 타베스 산으로 스며들기 시작했다. 그런 그들을 일별한 아론은 허공으로 떠오르고 있었다.

그레이와 얀센은 각자 나무를 타고 넘으면서 숲 속으로 사라지고 있었다. 아론은 허공에 떠올라 감각을 넓게 펼치기 시작했다. 감각을 펼치자 자연스럽게 타베스 산의 전체가 눈앞에 선명하게 펼쳐지기 시작했다.

그리고 이어지는 비릿한 혈향까지.

'벌써 시작한 게로군.'

아론은 혈향이 퍼져 나오는 곳으로 이동하기 시작했다. 그가 이동하자 숲을 달리고 있던 그레이와 얀센 역시 그의 이동로를 확인하며 빠르게 달려 나가기 시작했다.

투둑! 툭!

그들은 대지 위를 달리는 것이 아니라 몇십 미터 거리의 나무와 나무를 밟아가며 이동하고 있었다. 마치 대지를 끌어당겨 한 첩 한 첩 접듯이 달려 나가고 있음에 얼마 지나지 않아 아론이 있는 곳에 도착할 수 있었다.

그들은 도착하자마자 눈살을 찌푸렸다. 고기 익는 매캐한 냄새와 함께 오크들의 피 냄새가 훅 덮쳐왔기 때문이다. 상황을 유추해 보니 오크 부락이 있던 곳 같았다. 하지만 지금은 아무것도 남아 있지 않았다.

어른, 아이 할 것 없이 죽은 오크들의 시체가 사방으로 널려 있고, 그들이 살기 위해 만들어놓은 천막은 활활 불타오르고 있었다. 그레이는 그 광경을 보고 얼굴을 딱딱하게 굳히며 배틀엑스를 잡은 두 손을 부르르 떨었다.

이건 복속이 아니었다.

침략이었다.

침략해서 약탈하고 불을 지른다. 그리고 반항하면 그것이 무엇이 되었든 씨를 말려 버린다. 회색 오크든 그린 오크든 같은 오크 종족이다. 하나 드렉타스가 이끄는 회색 오크들은 아니었다. 자신들만이 오롯하고 진정한 오크라 할 수 있었다.

자신들을 제외한 모든 오크는 그저 미천한 존재일 뿐이다.

나약하고 미개한 그들을 자신들의 수족으로 삼고 방패막이로 삼아 위대한 오크의 성전에 참여시켜야 했다. 그들은 같은 오크 종족이 아닌 그저 저급한 노예일 뿐이었다.

"크르르~"

그레이, 아니, 인피면구를 벗어 던지고 원래의 모습을 한 그, 카툼은 분노에 차올랐다. 그때 아론이 그의 어깨에 손을 올린 후 말했다.

"멀지 않은 곳이다."

"가자."

카툼의 눈앞에서 아론의 신형이 사라졌다. 그에 카툼과 얀센은 서로를 보며 고개를 끄덕인 후 대지를 박차고 날아갔다. 그 후 그들이 모습을 드러낸 장소에서는 또 다른 싸움이 일어나고 있었다. 한 거구의 그린 오크와 수십의 회색 오크였다. 그리고 그들을 빙 둘러싸고 있는 수백의 회색 오크. 그들은 지금 그린 오크와 수십의 회색 오크가 싸우는 것을 즐기고 있었다. 이미 그린 오크의 주변에는 수십의 회색 오크의 시체가 널브러져 있었다.

하지만 널브러진 회색 오크보다 족히 서너 배는 많은 그린 오크들이 뜨거운 피를 쏟아내며 무더기로 죽어 있었다. 또한 살아 있는 그린 오크는 매우 지쳐 보였다. 양손에 든 둠해머에는 이미 피와 살점이 덕지덕지 붙어 있었다.

"크와아악! 와라! 오란 말이다!"

"죽여! 죽여라!"

"우우우우~"

거친 함성과 숨소리가 울려 퍼졌다.

"나는 명예로운 블랙해머 일족의 전사 블랙해머다! 겨우 이 거냐? 회색 오크도 별거 아니구나!"

수백의 회색 오크에게 둘러싸여 있음에도 불구하고 블랙해머는 전혀 움츠러들지 않고 오히려 그들을 도발했다. 그럴 수밖에 없었다. 그의 일족이 전멸했다. 살아남은 자는 오직 자신뿐이었다.

"크윽!"

등 뒤에서 화끈한 통증이 전달되었다. 순간 아찔함을 느낀 블랙해머였지만, 그는 무너지지 않았다. 아니, 무너질 수 없었다.

'한 놈이라도 더 데리고 간다.'

자신이 할 수 있는 일은 바로 그것이었다. 한 놈이라도 더 죽여서 부족의 한을 푸는 것이다. 그렇지 않고서는 자신은 죽을 수 없었다. 블랙해머는 기이하고 쾌속하게 몸을 틀어 자신의 등을 할퀸 회색 오크를 향해 득달같이 달려들었다.

"크르르!"

동족의 피에 취해서인가? 회색 오크는 붉게 물든 눈동자로 블랙해머를 바라보며 잔인한 미소를 떠올렸다. 얼마든지 오라는 듯한 행동.

"오냐! 죽여주마!"

블랙해머는 양손에 든 둠해머를 미친 듯이 휘둘렀다. 그 기세가 얼마나 대단한지 그가 휘두르는 주변으로 작은 소용돌이가 일어났다. 하나 이미 피 맛에 길들여져 이성을 잃은 회색 오크는 그런 것 따위는 전혀 신경 쓰지 않고 할버드를 찍어 내렸다.

블랙해머는 교묘하게 둠해머의 머리로 할버드를 끌어당긴 후 지체 없이 회색 오크의 머리를 찍어버렸다.

퍼억!

수박 터지는 소리가 들려오며 진득한 핏물이 사방으로 튀어 올라 블랙해머의 시야를 가렸다. 그 순간을 놓치지 않고 회색 오크의 배틀엑스가 블랙해머의 옆구리를 강타했다.

"크윽!"

짧은 신음을 흘리며 블랙해머는 옆구리를 비틀며 밀려났다. 그사이 또 다른 글레이브가 그의 허벅지를 노리고 달려들었고, 수십 개의 할버드와 글레이브가 쇄도했다. 하나 아무리 수가 많다 해도 공격할 수 있는 방향은 단 네 곳뿐이다.

갈비뼈가 박살 나고 창자가 삐져나올 정도의 중상을 입었지만 블랙해머는 여전히 투지를 불살랐다.

퍼억!

지근거리까지 접근한 회색 오크는 안면이 부서지며 비명도 지르지 못한 채 죽어갔다. 그러나 블랙해머는 거기에 그치지 않았다. 또 다른 둠해머를 풍차처럼 돌리며 자신을 향해 쇄도해 오는 회색 오크를 향해 돌진해 들어갔다.

콰차차장!

"크륵!"

"카아악!"

회색 오크 몇이 튕겨져 나가며 비명을 질렀고, 몇 개의 할버드와 글레이브가 박살 났다. 그럼에도 블랙해머는 멈추지 않았다. 마치 여기 있는 모든 회색 오크를 남김없이 죽여 버리겠다는 듯이 멈추지 않고 돌진했다.

"콰아아앙!"

"크으윽!"

하지만 한계가 존재했다. 블랙해머는 고작해야 하전사에 불과했다. 전사들에게는 재앙과 같은 그였으나 중전사만 되어도 그는 감당할 수 없었다. 지금까지 보고만 있던 하전사 몇 명이 앞으로 나서며 상황이 급변하기 시작했다.

네 명의 백인대장들과 천인대장은 아예 나서지도 않았다. 그럼에도 불구하고 블랙해머는 마치 벽을 두드리는 것 같은 느낌이 들었다. 전사들조차도 쉽게 상대할 수 없었는데 멀찍이서 지켜보던 하전사인 백인대장 네 명이 한꺼번에 나서자 그의 손발이 어지러워지기 시작했다.

촤아악!

글레이브의 날카로운 날이 블랙해머의 등을 스치고 지나가자 그의 등이 쩍 벌어지며 검녹색의 핏물을 쏟아냈다. 연이어 또 하나의 배틀엑스가 허벅지를 스치고 지나가자 블랙해머의 허연 뼈가 다 드러날 정도가 되었다.

블랙해머는 바닥을 뒹굴어 그들의 공격권을 벗어나려 했다. 하나 회색 오크는 일반적인 오크보다 더 뛰어난 신체 능력을 가지고 있기에 동일 수준의 오크라 하더라도 더욱 강력했다. 그런 강력한 회색 오크의 공격권에서 벗어나기란 결코 쉽지 않았다.

할버드 한 자루가 날카로운 빛을 뿜어내며 나뒹굴고 있는 블랙해머의 머리를 쪼개오고 있다. 그는 다급하게 둠해머를 들어 할버드를 막아냈다.

까아앙!

불똥이 튀었다.

까가각!

회색 오크 하전사는 할버드로 블랙해머를 짓눌렀다. 오랜 시간 동안 회색 오크 전사들과 드잡이를 한 블랙해머이다. 또한 상처가 이곳저곳에 나 있고, 그곳에서는 아직도 진득한 핏물이 흘러나오고 있었다.

그는 점점 힘이 빠져나가고 있었다. 그때 또 다른 빛을 뿌리며 글레이브가 블랙해머의 복부를 파고들었다.

"크후욱!"

블랙해머의 눈동자가 커졌다. 날카로운 글레이브의 날이 그의 복부를 헤집고 있었다. 그는 몸부림쳤다. 이 상황을 벗어나기 위해서 말이다. 하지만 벗어날 수 없었다. 그리고 글레이브를 복부에 박은 회색 오크 하전사가 몸부림치는 그를 보며 비웃음을 보내고 있었다.

"쿨럭!"

몸부림치던 블랙해머가 자신이 애지중지하던 둠해머를 놓았다. 그의 손에, 아니, 전신에 힘이 빠져나가기 시작한 것이다. 블랙해머는 갑자기 눈꺼풀이 빡빡하며 무거워지는 것을 느꼈다.

그때였다.

아득히 먼 곳으로부터 폭음이 들려왔다.

콰아아아아앙!

"크아아악!"

"누구냐?!"

"적이다!"

"적이다! 죽여라!"

회색 오크들의 외침과 폭음이 울려 퍼졌다.

그리고.

"크아아악!"

"사, 살려줘어~"

비명 소리가 들려왔다. 블랙해머는 무겁고 **빡빡한** 눈꺼풀을 들어 올렸다. 죽을 때 죽더라도 자신의 부족을 멸족시킨 회색 오크의 죽음을 보고 싶었다. 그는 힘들게 몸을 일으켜 세워 나무둥치에 몸을 기댔다.

"후욱!"

길게 한숨을 내쉬는 블랙해머. 피에 절어 있는 그의 얼굴에 뜻 모를 미소가 피어올랐다. 자신의 부족을 멸족시킨 회색 오크들이 죽어가고 있었다. 그는 회색 오크를 주살해 가는 자를 바라봤다.

그러다 문득 그의 눈동자가 커졌다.

회색 오크를 주살하고 있는 자는 바로 여느 회색 오크보다 거대한 체구를 자랑하는 회색 오크였다.

그는 분노하고 있었다. 그 분노가 어찌나 강한지 나무둥치에 기대어 있는 자신에게조차도 찌릿하게 느껴질 정도였다. 또한 그 분노 때문인지 그의 손속은 자비가 없다는 표현으로도 부족할 정도였다.

그때 누군가가 블랙해머의 곁으로 다가왔다. 블랙해머는 무의식적으로 상대를 올려다봤다.

인간이다.

'인간이 왜?'

인간이 왜 오크들의 싸움에 모습을 드러낸 것일까? 그가 의문을 가질 때 인간이 그에게 무언가를 건넸다.

"최상급 포션이다."

하나 블랙해머는 받을 수 없었다. 지금 이 순간 손가락 하나 움직일 힘조차 없었으니까. 하지만 인간은 애초에 자신이 이것을 받을 수 있으리라고 생각하고 있지 않은 듯했다. 자신의 상태를 완벽하게 꿰뚫고 있었다.

그 말과 함께 인간은 블랙해머의 입에 최상급 포션을 쑤셔 박았다. 블랙해머는 저항하지 못했다. 하지만 인간에게 자신을 해치려는 의도가 없다는 것이 확연히 느껴졌기에 그저 그가 하는 대로 내버려 두었다.

그의 입을 타고 최상급 포션이 목을 타고 넘어가기 시작하면서 블랙해머는 자신의 몸이 달라지고 있음을 느낄 수 있었다. 연기처럼 사라진 힘이 돌아오고 있었다. 그리고 뼈가 보이고 내장이 밖으로 튀어나올 정도의 상처가 아물어가고 있었다.

물론 이루 형언할 수 없을 정도의 지독한 고통이 동반되기는 했지만 그조차도 블랙해머에게는 기껍게 느껴질 정도였다.

'살 수 있다. 그리고 회색 오크를 더 죽일 수 있다.'

블랙해머는 그 희망에 허우적거렸다. 하나 우악스러운 손이 그를 진정시켰다.

"지켜봐라. 스스로 부족의 원수를 갚고자 한다면 말이다."

인간의 말에 블랙해머는 멍하니 그를 바라봤다. 그러다 입을 열었다.

"검은 강철 부족의 하전사 블랙해머."

"인간 용병 아론이다."

"난 얀센."

굵직한 목소리가 들려왔다. 블랙해머는 자신에게 은혜를 베푼 인간 이외에 또 한명의 인간이 있다는 것에 놀라 고개를 돌렸다. 그곳에서는 회색 오크를 주살하는 회색 오크만큼 거대한 인간이 할버드를 어깨에 걸치고 나뭇가지에 앉아 있었다.

그 거대한 체구를 지탱하기에는 너무나도 가는 나뭇가지. 하나 거구의 인간은 아주 편안하게 나뭇가지에 앉아 있었다.

"꽤 하더군."

아론은 블랙해머의 옆에 털썩 주저앉아 싸움을 지켜보며 말했다. 블랙해머는 지금의 상황이 이해가 되지 않았다. 인간이 몬스터 취급을 하는 오크를 친구처럼 대하는 것도 있을 수 없고, 죽어가는 오크를 살리려고 최상급 포션을 준 것도 이해할 수 없었다.

"인간이 마냥 나쁜 놈만 있는 것은 아니다."

"그건……."

"그리고 보니 넌 오크 특유의 콧소리를 내지 않는군."

"아! 어느 순간부터 그렇게 되었다. 검은 강철 부족의 모든 오크 역시 그렇다."

"인간의 언어를 잘하는군."

"난 떠돌이 오크였다."

"그런가? 그러면 검은 강철 부족이 떠돌이인 널 받아준 거로군."

"오크 전사로서 은혜는 반드시 갚아야 한다."

블랙해머의 말에 아론은 손으로 그의 두툼한 어깨를 툭툭 치며 말했다.

"네가 인간보다 백번 낫구나."

"……."

아론의 말에 이상하다는 듯이 그를 바라보는 블랙해머. 인간이 인간을 욕하다니 도대체 이게 어떻게 된 일인가.

"나와 같이 가지 않겠나?"

"그건……."

"인간인 내가 미덥지 못하다면 저 친구는 어떤가?"

그러면서 턱짓으로 거구의 회색 오크를 가리켰다. 그에 블랙해머의 시선이 자연스럽게 전장으로 향했다.

"내가 바로 카툼이다! 회색 오크의 드높은 전사의 긍지는 어딜 갔는가? 동족을 잡아먹고 타 부족을 억압하며 약자를 죽이는 것이 회색 오크의 긍지인가?"

"잡아라!"

"잡는 자에게 대족장님의 부상이 주어질 것이다!"

"와아~ 죽여라!"

"저놈 목은 바로 내 것이다!"

카툼의 울부짖음에 회색 오크들은 그를 기억하지 못한다는 듯이 미친 듯이 그를 향해 달려들었다. 카툼은 지금의 상황이 한탄스러웠다. 어찌 긍지 높은 회색 오크들이 이리 변했단 말인가? 어떻게 이럴 수 있단 말인가?

"으아아악!"

그는 전신에 오러 맴브레인을 두르고 두 자루의 배틀엑스에서 오러 서클릿을 뿌려대기 시작했다. 한 번 휘두를 때마다 수십의 회색 오크들이 죽어갔다. 그의 오러 서클릿 앞에서는 하전사든, 중전사든 상관이 없었다.

글레이브로 막으면 글레이브와 함께 잘려 나갔고, 그의 오러 서클릿이 두려워 피하면 오러 서클릿이 폭발하며 피떡이 되어 사라져야만 했다. 그를 막을 수 있는 어떤 것도 존재하지 않았다. 왜냐하면 그는 대전사였다.

드렉타스처럼 흑마법에 의하여 강제적으로 대족장에 오른 것이 아닌, 스스로 오랫동안 담금질하며 깨달음으로 벽을 허문 진정한 대전사였다.

뿌우우웅!

그때 뿔 고동 소리가 울렸다. 바로 동족을 부르는 뿔 고동 소리였다.

쾌에에엑!

"커억!"

카툼의 오러 서클릿이 뿔 고동을 분 회색 오크를 정확하게 이등분했다.

"도, 도망쳐라!"

"후속 천인대와 합류한다!"

누군가 외치자 회색 오크들이 물러나기 시작했다. 하지만 적을 압도하지 못하고 적에게 밀려서 하는 후퇴가 제대로 될 리가 없었다. 더군다나 그들의 퇴로를 막고 있는 이들이 있었으니 바로 아론과 얀센이었다.

"돌파한다!"

회색 오크 백인장이 외쳤다. 그들은 왜 저 인간들이 여기에 있는지에 대한 의문을 품을 시간이 없었다. 뒤에서 그들이 감당할 수 없는 존재가 동료들을 주살하며 달려오고 있었기 때문이다.

그들은 두 인간을 깔아뭉갤 듯이 달려들었다. 인간쯤은 그들에게 식후 운동거리도 되지 못했다. 하지만 그들이 후회하기까지 걸린 시간은 눈 깜빡하는 속도보다 빨랐다.

"크아아악!"

달려가던 회색 오크 몇 십 마리가 피떡이 되어 사라졌다. 그나마 거대한 체구를 가진 인간 쪽으로 가는 회색 오크들은 비명이라도 지를 수 있었다. 평범한 체구의 인간 쪽으로 내달리던 회색 오크들은 비명조차 지르지 못했다.

파스스스!

가루가 되어 사라져 버렸다. 그 모습을 보고 있던 블랙해머는 심장이 튀어나올 것 같이 놀라 입을 쩍 벌렸다.

'어떻게?'

도저히 믿을 수 없었다. 어떻게 저런 인간이 있을 수 있단 말인가? 자신은 많은 곳을 떠돌아다녔다. 그 와중에 많은 이들을 만나볼 수 있었다. 심지어 엘프도 있었고 드워프도 있었다. 하나 그들 중 저 인간과 같은 실력을 가진 자는 단 한 번도 본 적이 없었다.

쿠우웅!

이곳을 벗어나려는 회색 오크 백인장 앞에 카툼이 내려섰다.

"어딜 가려는 게냐?"

"카… 툼!"

"네놈은 쿤데의 아들 롤탈이로구나."

"……."

카툼의 시선을 받은 롤탈이 주춤거리며 뒤로 물러났다.

"너는 부부의 아들 우루고."

"그래서 그것이 어쨌단 말이냐!"

롤탈과 다르게 우루는 거칠게 외쳤다. 그런 우루를 바라보며 카툼이 무감정하게 말했다.

"이것이 회색 오크의 긍지를 높이는 행위더냐?"

"약한 자는 죽는 게 맞다. 그린 오크는 약하기에 멸족당한 것이다."

"그렇다면 너도 여기에서 죽어도 할 말은 없겠군. 약해서 죽은 것이니까."

"부족을 배신한 놈이 할 말은 아니다."

"그런가? 부족을 배신했다라… 누가 부족을 배신하는가? 인간 마법사와 손을 잡은 드렉타스가 아니라 그들에게 쫓겨난 내가 배신한 것인가?"

"그것은……."

"스스로의 힘이 아닌 타 종족의 힘을 빌린 드렉타스가 회색 오크족의 대족장이라니, 지나가던 슬라임이 웃을 일이다."

"감히……."

뻐어억!

그 순간 카툼은 전혀 움직이지 않았음에도 불구하고 뼈가 부러지는 소리와 함께 우루가 검녹색의 피분수를 길게 늘어뜨리며 허공으로 날려갔다.

콰직!

그리고 부러진 나뭇가지에 그대로 심장이 꿰뚫리며 허무하게 죽음을 맞이했다. 우루는 백인대장이다. 바로 하전사라는 말이다. 그런 그가 어떻게 손을 써보지도 못하고 죽음을 맞이했다. 롤탈이 두려운 눈으로 카툼을 바라봤다.

"묻겠다."

"사, 살려준다면……."

"크륵!"

롤탈의 말에 카툼은 씁쓸한 웃음을 떠올렸다.

"병력은?"

"골가스 제1 군장이 이끄는 만인대다."

"골가스라… 하필……."

골가스라는 말에 카툼은 눈살을 찌푸렸다. 뭔가 마음에 안 드는 듯하다.

"타베스 산에 있는 병력은?"

"그로코크 3천인장과 탈로크 4천인장이다."

"너는 어디 소속이지?"

"3천인대 소속이다."

"그들의 위치는?"

"3천인대라면 이곳으로부터 10㎞ 정도 떨어진 큰 바위가 있는 곳에 있다."

"그런가?"

그러면서 몸을 틀었다. 살려주겠다는 의미일 것이다. 롤탈은 카툼의 눈치를 살피다 빠르게 달아났다.

하나.

쉬이익!

날카로운 소리가 들려오며 달아나는 롤탈의 등에 그대로 꽂혔다.

"크헉!"

롤탈은 비명을 지르며 두 눈을 부릅뜨고 몸을 돌려세웠다. 그의 눈은 카툼에게로 향한 채 묻고 있었다. 왜 약속을 저버렸냐고 말이다. 그에 카툼은 어깨를 으쓱해 보이며 말했다.

"나는 널 살려줬다. 하지만 너를 살려둘 수 없는 존재가 있다."

그제야 힘이 빠져가는 롤탈의 시선이 어느새 모든 상처를 회복한 채 서 있는 블랙해머에게로 향했다. 그의 손에는 날카로움을 자랑하는 글레이브가 들려 있었다.

"나는 아직 널 살려준다고 하지 않았다."

그러면서 들고 있던 글레이브를 던진 후 자신의 둠해머를 들어 올려 롤탈에게 다가가 가차 없이 둠해머를 휘둘렀다.

퍼걱!

껍질이 두꺼운 과일이 깨져 나가는 소리가 들려왔다. 둠해머로 머리를 가격당한 롤탈은 비명도 지르지 못하고 모로 쓰러졌다. 숲에 비릿한 피 냄새와 함께 정적이 감돌았다.

"3천인대는 나와 카툼, 그리고 블랙해머가 맡는다."

"난 그럼 4천인대입니까?"

"제라르와 합류해."

"알겠습니다."

말을 마침과 동시에 얀센이 그대로 사라졌다. 아론은 슬쩍 블랙해머를 바라보며 물었다.

"함께 하겠나?"

"물론!"

그의 말이 떨어지기 무섭게 아론과 카툼은 숲을 내달리기 시작했다. 블랙해머 역시 그를 따라 달리기 시작했다. 하지만 월등한 실력 차에 의해 그 둘을 따라가기가 그리 쉽지 않았다. 얼마 못 가 블랙해머는 거친 숨을 내쉴 수밖에 없었다.

그럼에도 블랙해머는 결코 포기하지 않았다. 그는 해야 할 일이 있었다.

"숨을 깊게 들이쉬어라. 가슴으로 쉬지 말고 아랫배로 숨을 들이켜고 내뱉어라."

그때 바람을 타고 전해져 오는 목소리. 바로 카툼의 목소리였다. 그에 블랙해머는 곧바로 바람결에 전해 들은 호흡을 실시했다. 처음엔 힘들었다. 하나 점차 호흡이 안정되고 두 다리에 힘이 붙기 시작했다.

만약 블랙해머가 인간이었다면 불가능했을지도 모른다. 타고난 육체적인 능력 덕분에 블랙해머는 단번에 카툼의 가르침을 흡수할 수 있었다. 그리고 흡수할 뿐만 아니라 자신의 상황에 맞게 응용까지 하고 있었다.

그 모습에 카툼은 솔직히 놀랐다. 실로 놀라운 재능이기 때문이다. 그 또한 오크 중 회색 오크가 가장 뛰어나다고 자부했다. 하나 그린 오크인 블랙해머의 재능을 보고 자신의 생각이 잘못되었음을 알게 되었다.

그렇게 얼마를 달렸을까? 세 명은 죽은 롤탈이 알려준 큰 바위가 보이는 곳에 도달했다. 그곳에 회색 오크가 있는 것은 맞았다. 하지만 3천인대만 존재하지는 않았다. 바로 록사르 부만인장이 함께 있었다.

천 명이 아닌 2천 명이 있었다. 아론은 오크들이 있는 곳을 보자 어떻게 돌아가고 있는지 꿰뚫을 수 있었다.

"회색 오크가 여우가 됐군."

아론의 말에 카툼과 블랙해머는 살짝 인상을 찌푸렸다. 아론의 말은 단순히 회색 오크만을 지칭한 것이 아님을 알기 때문이다. 왜냐하면 그곳에는 갈색 오크, 그린 오크 등 상당한 오크들이 존재했기 때문이다.

그리고 그들은 무방비 상태로 있는 것이 아니라 자신들을 기다리고 있었다. 그에 아론과 카툼은 숨지 않고 당당히 모습을 드러낸 채 걸음을 옮기기 시작했다. 그들의 뒤로 블랙해머 역시 따르고 있었다.

아론과 카툼의 실력이 출중하지 않다면 죽을 수도 있다는 것을 알고 있음에도 불구하고 그들을 따르는 것을 보면 블랙해머 역시 결코 간단치 않은 투기를 가지고 있음을 알 수 있었다. 물론 그 투기에 비해 실력은 현저하게 뒤처졌다.

"기다리고 있었다, 카툼."

"오랜만이로군, 록사르."

"그런데 뭔가? 회색 오크의 긍지라 일컬어지는 대족장이 인간과 협잡을 한 건가? 그리고 그 뒤에 따라오는 고블린 새끼는 또 뭐고."

"협잡? 입은 삐뚤어졌어도 말은 바로 하라고. 내가 먼저 협잡을 했던가? 록사르 너도 알고 있을 것이다. 회색 오크가, 아니, 오크 종족이 변화한 계기가 무엇 때문인지. 그것은 바로 드렉타스와 골쿤이 들인 인간 흑마법사 때문이 아니던가?"

"그 흑마법사들은 다 죽었다."

"웃기는 소리. 죽었다고 했더냐? 허면 그들이 죽은 증거가 있더냐? 내가 본 바로는 그들은 게이트를 통해 흑마법사들이 있는 마탑으로 돌아갔다. 내 이 두 눈으로 직접 보았지. 그리고 너희들은 나를 따르는 이들을 쳐서 그들을 흑마법사로 분해 나를 압박했지."

"크륵! 알고 있었던가?"

이제 와서 속일 필요조차 없다는 듯이 부정하지 않는 록사르였다.

"그것이 진정 오크를 위한 것이었더냐?"

"아닌가? 지금에 와서 오크들은 회색 오크를 중심으로 하나로 모였다. 보이는가? 여기에는 갈색 오크와 그린 오크가 있다. 바로 이것이 모든 것을 증명하는 바다."

"그들이 스스로 드렉타스에게 굽혔더냐? 헌데 너희들의 눈은 왜 붉은 것이냐?"

"알고 있나 보군."

"봤다."

"그 뒤에 있는 고블린 같은 놈이 있던 부족이더냐?"

"그랬지."

"클클, 죽을 자리를 찾아왔구나."

록사르에게 인간인 아론은 아예 안중에도 없었다. 그 연유는 바로 드렉타스가 그렇게 잡고자 하던 카툼이 바로 눈앞에 있기 때문이다. 그가 흥분하지 않았다면 인간이 어떻게 이곳에 있는지에 대해서 심각하게 고민해 봤을 것이다.

하지만 지금 그는 카툼을 잡을 수 있다는 흥분감에 인간인 아론 따위는 신경조차 쓸 수 없었다. 그렇게 록사르가 흥분에 전신을 떨고 있을 때 카툼이 록사르를 향해 외쳤다.

"막고라를 신청한다!"

"막고라!"

막고라라는 말에 오크들이 웅성거리기 시작했다. 막고라는 명예로운 대결. 그 어떤 오크도 막고라에 끼어들 수 없었다. 하나 록사르는 그런 것 따위는 안중에도 없다는 듯이 외쳤다.

"카툼, 넌 대족장이 아니다! 회색 일족에게 버려진 존재! 감히 막고라를 신청할 자격이 없다! 또한 그런 구태의연한 방식은 이제 회색 일족에게는 필요 없다!"

"전통을 무시하겠다는 것이냐?"

"전통? 그 전통을 지켜서 회색 일족이, 아니, 오크 종족이 인간들에게 몬스터라 불리며 무시당했더란 말이냐? 시대가 변했으면 그 변화하는 시대에 따라야 하는 것이 옳다."

"막고라는 전사들이 가져야 할 당연한 대결이다. 그것을 무시하고 과연 오크라 할 수 있단 말이더냐?"

"착각하지 마라, 카툼. 이제 오크는 새로운 시대를 열어야 한다. 새로운 시대에는 새로운 법칙이 필요하다."

"노옴!"

카툼이 분노했다. 그런 카툼을 보며 비웃음을 날리는 록사르. 그가 외쳤다.

"부족을 배신한 배신자를 처단하라!"

"우워어어~"

"크아악! 처단하라!"

오크들이 울부짖었다. 그들의 눈동자는 이미 붉게 변해 있었다. 단 세 명을 향해 2천의 오크가 미친 듯이 달려들었다. 그저 보기에도 그들은 제정신이 아님을 알 수 있을 정도로 맹렬한 모습이다.

"우와아아악!"

카툼 역시 거대한 배틀엑스를 양손에 쥐고 자신을 향해 쇄도해 오는 오크들을 향해 달려갔다. 블랙해머 역시 마찬가지였다. 그에게는 마치 두려움이란 존재하지 않는 듯했다. 그 와중에 아론은 심각한 표정을 지어 보이고 있었다.

'도대체 누구냐?'

록사르와 카툼의 대화를 모두 들었다. 지금 오크들의 움직임에는 분명 인간이 개입되어 있었다. 그것도 고서클의 흑마법사가. 그리고 아론은 한 가지 가능성을 찾아냈다.

'나와 같은 자가 있다.'

그는 과거 백두산이 사라지기 전 그에게 들었다. 총 일곱 개의 구슬이 존재했는데 그중 자신은 세 개의 구슬을 체화시켰고 나머지 네 개의 구슬은 사방으로 흩어졌다고. 그리고 흩어진 네 개의 구슬은 평생 동안 나타나지 않을 수도 있고 한꺼번에 나타날 수 있다는 것을 들었다.

그때 백두산은 이렇게 말했다.

'세 개의 구슬을 가진 네가 존재한다. 또한 일곱 개의 구슬은 서로를 흡수하려 하기 때문에 나머지 네 개의 구슬 역시 현세에 나타날 것이다.'

그가 이렇게 느끼는 이유는 익숙하기 때문이다. 오크들의 내뿜는 기세가 말이다. 그리고 불현듯 또 하나 떠오르는 것이 있었다.

'플람베르 가주의 독!'

그 또한 익숙했다.

'그들은 이미 활동을 시작한 것이로군.'

네 개의 구슬 중 의심되는 두 개의 구슬이 나타났다. 그렇다면 나머지 두 개가 나타나는 것은 아마도 시간문제일 것이다.

그가 깊은 생각에 빠져 있을 때 일단의 오크들이 그를 향해 쇄도했다. 그들은 인간 놈이 자신들의 기세에 얼어붙어 아무것도 하지 못하고 있다고 여겼다. 그들의 입에서 진득한 타액이 흘러내렸다.

'호호호, 인간 놈.'

오크들은 육식을 한다. 잡식성으로 배가 고프면 동족까지 잡아먹는 게 오크다. 그러한 그들에게 있어 인간은 그저 식량 정도밖에 여겨지지 않았다.

"크하아악!"

가장 선두에 선 오크가 커다한 함성을 지르며 아론을 두 쪽 낼 듯이 배틀엑스를 찍어 내리고 있다. 그에 아론은 흘깃 바라본 후 뭉툭한 대검을 휘둘렀다.

서걱!

투둑!

아론의 대검에 의해 정확하게 두 조각이 난 오크를 보자 그를 향해 쇄도하던 오크들이 멈칫했다. 그 순간 아론은 땅을 박차고 올랐고, 오크들은 그의 신형을 찾을 수 없었다.

콰아아앙!

"꺼억!"

"컵!"

수십의 오크들이 검녹색 피를 뿌리고 사방으로 튕겨져 나가며 비명을 질러댔다. 오크들이 자세를 잡고 굉음이 터져 나온 곳을 응시했을 때 아론은 이미 그곳에 없었다.

스카가가각!

아론은 양손대검을 좌우로 휘두르며 앞으로 달려갔다. 그러자 오크들은 썩은 짚단처럼 목이 베어지며 허물어졌다.

순식간에 일직선의 길이 생겨났다. 그가 지나간 자리 좌우로는 수없이 많은 오크들이 널브러져 있었다.

"이노오옴!"

꽤나 덩치가 좋은 회색 오크가 아론을 향해 달려들었다. 아론은 양손대검을 휘둘러 검녹색의 피를 털어낸 뒤 다시 튼튼한 두 다리로 대지를 박차고 나아갔다.

스카가각!

"크아아악!"

"아아악!"

처절한 비명 소리가 들려왔다. 그가 가는 곳에는 여지없이 목 없는 시체가 즐비했다.

"아, 악마다!"

"어, 어떻게……."

"인간 따위가……."

투후욱!

일직선으로 통로를 만들어 낸 아론이 다시 뛰어올랐다. 그는 태양을 가로지르며 솟아올랐고, 양손대검을 위에서 아래로 내리그었다.

'공간폭!'

쿠르르~ 콰아~ 콰콰콰쾅!

꽝음이 터졌다. 마른하늘에 천둥소리처럼 듣는 이의 심장을 철렁이게 할 정도의 꽝음이었다. 그리고 땅거죽이 뒤집혔다. 더불어 오크들이 대지의 파편처럼 허공으로 날아오르며 피떡이 되어 사방으로 퍼져 나갔다.

"꾸울격!"

그 모습을 본 오크들은 그에게 달려들기보다는 마른침을 삼키며 뒷걸음질 칠 수밖에 없었다. 지금쯤이면 누군가 명령을 내려야 했다. 하나 명령을 내릴 사람이 없었다. 아니, 명령을 내릴 사람이 없는 것이 아니라 내릴 수 없었다.

부만인장인 록사르와 그를 따르는 천인장들은 카툼을 상대하고 있었다. 또한 3천인장은 아론의 움직임에 처참하게 바닥에 나뒹굴고 있었다. 그에 무려 2천이나 되는 압도적인 전력에도 불구하고 오크들은 우왕좌왕하며 오합지졸이 되고 말았다.

콰아아앙! 콰앙! 쾅!

"크흐윽!"

록사르는 연신 뒷걸음질을 칠 수밖에 없었다. 그저 가볍게 휘두르는 카툼의 일격에 막대한 힘이 담겨 있어 할버드를 두 손으로 잡고 막아내고 있음에도 불구하고 제대로 대항조차 할 수 없었다.

"죽어라!"

천인장들이 그의 좌우에서 달려들었다.

하지만.

서걱! 콰직!

단 일격에 천인장들은 머리가 쪼개지고 가슴이 박살 나 죽어 나자빠졌다. 아론과 블랙해머는 그가 편하게 집중할 수 있도록 오크들을 주살하고 있었다. 그에 어떤 오크도 카툼의 곁으로 다가오지 않았다.

"겨우 이 정도냐?"

"크윽!"

하지만 록사르는 대답을 할 수 없었다. 연신 가격해 오는 카툼의 공격을 막는 것조차 버거웠기 때문이다. 그는 솔직히 믿을 수 없었다. 자신 역시 상전사에 오른 전사이다.

그런데 힘 한번 제대로 쓸 수 없다니. 이게 도대체 어떻게 말이 되느냔 말이다. 말이 되지 않는다. 현실을 부정하고 싶었다. 하나 부정하면 할수록 그는 참담함을 맛볼 수밖에 없었다.

"드렉타스가 우습구나. 겨우 이런 너희들을 믿고 오크족을 규합하여 인간을 발아래 두겠다니 말이다."

"헛소리하지 마라! 넌 반드시 죽는다!"

"네놈이 살아남고 나서나 그런 말을 해라."

"크흐흐, 내가 죽을 것 같으냐?"

"그럼 아닌가?"

"내가 왜 이곳에 있을까? 내가 이곳에 아무런 준비도 없이 왔을 것 같으냐?"

"연락을 했겠지."

카툼은 아무렇지도 않게 말했다. 그에 록사르는 그것을 어찌 알았냐는 듯이 놀란 눈이 되었으나 이내 진득한 살소를 머금었다.

"아는군."

"그래서 골가스가 언제 온다는 것이냐?"

"흐흐흐, 오래지 않을 것이다."

"그래? 그럼 이만 죽어라."

쉬이익!

카툼의 배틀엑스가 록사르의 안면을 향해 내려쳐졌고, 록사르는 할버드를 들어 그의 배틀엑스를 막아갔다.

하지만.

서걱!

아주 깨끗하게 잘려 나갔다. 그에 록사르는 믿을 수 없다는 듯이 눈을 부릅떴다.

쩌억!

카툼의 배틀엑스가 록사르의 안면을 쪼개 버렸다. 그리고 배틀엑스를 잡아 뺀 카툼은 아직 남은 오크들을 향해 크게 울부짖으며 뛰어들었다.

"크아아악!"

"사, 살려줘!"

그제야 오크들은 상황이 심상찮음을 느끼고 무기를 버리고 항복을 해왔고, 일부는 뒤도 돌아보지 않고 도망갔다.

"살려줘? 지금 혹시 도망을 치려는 것이냐? 긍지 높은 오크 전사의 자긍심은 어디 갔단 말이냐! 싸워라! 싸우란 말이다!"

도망가는 오크를 보며 카툼이 소리쳤다. 그의 외침은 오크들을 지휘하는 전사들의 입에서 나와야 할 것이었다. 그런데 카툼의 입에서 흘러나왔다. 그는 변해 버린 나약해진 오크들을 보며 참을 수 없는 분노를 느꼈다.

그는 미친 듯이 배틀엑스를 휘둘렀다. 찍고, 잡아당기고, 날리고, 베고, 부숴 버렸다. 아론과 블랙해머는 멀찍이서 그렇게 동족에 대한 분노를 표출하고 있는 카툼을 지켜보고 있을 뿐이다. 특히나 블랙해머의 눈에는 알 수 없는 감정이 섞여 있었다.

그는 이해할 수 있었다.

긍지 높은 회색 오크 일족으로서 너무나도 나약해지고 아집에 물들어 타 부족을 억압하는 회색 오크 일족에 대한 울부짖음이었다. 자신이라도 해도 그렇게 느꼈을 것이다. 그때 아론이 슬쩍 움직였다.

블랙해머가 아론을 발견했을 때 아론은 치켜들고 있는 카툼의 배틀엑스를 붙잡고 있었다. 카툼은 붉게 물든 눈으로 아론을 죽일 듯이 쏘아보았다.

"다 죽었다."

"……"

팔을 부들부들 떨며 아론을 쏘아보는 카툼. 그러다 그는 긴 숨을 토해냈다.

"하아아~"

아론은 카툼의 배틀엑스를 놓아주었다. 카툼은 배틀엑스를 축 늘어뜨린 채 암담한 표정으로 단 한 명도 살아남지 않은 오크들의 주검을 바라봤다. 그런 카툼의 어깨에 손을 올리고 아론이 한마디 했다.

"다시 돌려봐야 하지 않겠는가?"

"…가능하다고 보나?"

"불가능할 것도 없지. 모두가 드렉타스에게 고개를 숙인 것은 아닐 테니까 말이야."

"그렇군."

CHAPTER 5

전투 Ⅰ

"크르르르."

트롤보다 크고 오거보다 작은 체구. 하나 그의 외형적인 특성은 분명히 오크였다. 그것도 회색 오크. 하지만 회색 오크라고 보기에는 어딘가 어색했다. 그의 상체 곳곳에 알 수 없는 상처가 가득했다.

전투 시에 발생하는 부득이한 상처도 있기는 했지만 그것보다는 인위적으로 만들어진 상처가 상체를 가득 채우고 있었다. 그는 돌로 만든 거대한 의자에 앉아 있었다. 돌 의자의 팔걸이에 팔꿈치를 올리고 손등으로 턱을 괸 채 보고하는 회색 오크를 무감정하게 바라보고 있다.

단지 무엇이 마음에 들지 않은지 날카로운 송곳니를 드러내며 으르렁거렸다. 그에 좌우로 있는 오크들은 마른침을 삼켰고, 보고하는 회색 오크는 전신에 굵은 땀방울을 흘리고 있었다.

"그래서… 그로코크와 탈로크의 연락이 끊겼다?"

"그, 그렇습니다."

"그 이유는?"

"탈로크의 4천인대는 인간과 기사들의 연합에 전멸했고, 그로코크가 이끄는 3천인대는… 카툼에게 전멸했습니다."

"카툼? 크흐흐, 카툼이라……."

나직하게 카툼이라는 말을 되뇌는 골가스. 그러면서 돌 의자의 팔걸이를 톡톡 건드렸다. 그가 건드릴 때마나 돌 의자의 팔걸이가 푹푹 파이면서 파편이 튀었다. 그러다 팔걸이를 움켜잡았다.

와자작!

그러자 그의 손에서 형편없이 뭉개져 버리는 돌 의자의 팔걸이.

"모두 소환한다."

"그렇게 되면……."

"책임은 내가 진다."

"알겠습니다."

보고하는 회색 오크가 물러나자 골가스는 자신의 옆을 바라봤다. 그에 굽은 등에 등뼈가 쇠창처럼 구부러져 네 개가 돋아 있는 주술사 역시 그를 바라보며 고개를 숙였다.

"대족장과 연결하라."

그의 명령에 고개를 숙인 후 기이한 단어를 나열하기 시작하자 그와 함께 검녹색의 빛이 그의 손에 어렸다. 주술사는 그 검녹색의 빛을 구로 만들어 허공에 띄웠고, 허공에 맺힌 검녹색의 구에서 또 다른 주술사의 모습이 보였다.

"어둠달의 카즈코, 무슨 일인가?"

"제1 군장께서 대족장님과의 통신을 원하십니다."

"무슨 일로 말인가?"

그에 골가스는 허공에 맺힌 또 다른 주술사를 향해 으르렁거렸다.

"내가 보고를 해야 하는 것인가?"

그에 주술사는 금세 허리를 숙이고 머리를 조아리며 입을 열었다.

"그런 것이 아니라……."

"웃는 해골 부족의 간이 많이 컸나 보구나."

"그, 그런……."

"네놈이 이러는 시간에도 시간은 계속 지나가고 있다. 너에 대한 책임은 돌아가서 묻도록 하마."

"부, 부디 선처를……."

"어서 대족장께 알려라. 더 늦어진다면 네 부족에게 책임을 묻겠다."

"며, 명."

그리고 얼마 지나지 않아 대족장 드렉타스의 모습이 검녹색의 영상에 드러났다.

"무슨 일인가, 골가스?"

"카툼의 행방을 찾았습니다."

"카툼? 진정이더냐?"

"그렇습니다."

"혹 플랑드르더냐?"

"그렇습니다. 그에게 3천인대가 전멸했습니다."

골가스의 말에 드렉타스는 말없이 고개를 끄덕였다. 카툼이라면 충분히 그럴 만하다고 여겼다. 자신이 그를 밀어내지 않았을 적에도 그는 회색 오크 부족의 대족장이었다. 주변의 지형지물을 이용한다면 한 개 천인대 정도는 문제없을 것이다.

"그래서?"

"카툼을 잡고자 합니다."

"승인한다."

"추웅!"

그와 함께 검녹색의 영상이 사라졌다. 골가스가 돌 의자에서 일어섰다. 앉아 있을 대는 몰랐으나 일어서니 그 체구가 모두를 위압할 정도로 거대했다.

"놈을 쫓을 수 있는가?"

"어렵지 않을 것입니다."

"쫓아라!"

"명!"

주술사가 나가고 골가스는 선 채로 진득한 살소를 머금었다.

*   *   *

"이곳에서 기다릴 거유?"

"그래야겠지."

기사들과 용병들이 모두 합류했다. 그들은 주변을 한눈에 감시할 수 있는 야트막한 언덕 위에 올라 타베스 산을 감시했다. 또한 기사와 용병을 묶어 10인 1개 조로 하여 사방을 정찰하기 시작했다.

"위험하지 않겠습니까?"

베이얀 대주가 걱정스러운 얼굴로 물었다. 그가 입을 열자 볼케이노 대주 역시 자신의 의견을 피력했다.

"들어보니 만인대라고 했습니다. 두 개의 천인대를 전멸시켰다고는 하나 아직 여덟 개의 천인대가 남아 있습니다. 겨우 4백으로 그들을 막아내기에는 역부족이라 판단합니다."

그에 아론은 그 둘을 바라보며 물었다.

"천인대를 상대해 보니 어떻던가?"

"그건……"

아론의 물음에 베이얀 대주와 볼케이노 대주는 잠시 생각에 잠겨들었다. 확실히 회색 오크들은 강했다. 하지만 자신들은 더 강했다. 플람베르 가문을 나와 한 달간의 지독한 행군과 용병들과 함께 생활한 보름 동안 자신들은 상상할 수조차 없을 정도로 강해졌다.

그랬기 때문에 불과 4백 명이라는 숫자로 1천이라는 회색 오크를 상대로 완승을 거둘 수 있었다. 말 그대로 완승이었다. 가벼운 찰과상을 제외하고는 다친 이가 한 명도 없었다. 그리고 승리하고도 정작 자신들은 믿지 못했다.

과연 자신들이 1천에 달하는 회색 오크를 어떻게 이길 수 있었는지에 대해서 말이다. 그리고 전장을 완전하게 정리하고 난 후에야 자신들이 변했다는 것을 인지하게 되었다. 그래서인지 이전과는 다르게 아론을 대하는 태도나 용병들을 대하는 태도는 완전히 달라지고 있었다.

"할 만했습니다."

"할 만했다라… 괜찮았던 모양이군."

"솔직하게 말한다면 이 정도일 줄은 몰랐습니다."

"뭐가 말인가?"

베이얀 대주보다 조금 더 직설적이고 속에 있는 마음을 담아놓지 않는 성격의 볼케이노 대주가 말했다.

"베이얀 대주나 저나 아론 님의 실력은 의심하지 않았습니다. 이미 장로들과의 대련을 보았으니 말입니다. 하지만 저희들을 훈련시킨다는 말을 들었을 때는 반신반의했습니다. 실력이 좋다고 해서 가르치는 것도 잘하리라는 법은 없으니 말입니다."

"장로와의 대련을 본 저희들조차 그러할진대 기사들은 어떠하겠습니까? 그럼에도 저희들은 나설 수 없었습니다. 왜냐하면 강요에 의한 것이 아닌 스스로의 판단에 의해 진심으로 받아들이려 하지 않는다면 이 훈련의 효과는 없음을 알기 때문이었습니다."

볼케이노 대주에 이어 베이얀 대주 역시 자신의 속마음을 털어놓기 시작했다.

"그렇겠지. 보통의 기사도 아니고 에퀘스의 성역 2좌에 있는 플람베르 가문의 정예 중 정예라 할 수 있는 친위대들이었으니 그 자존심이 상상을 초월하겠지."

아론의 말에 베이얀 대주와 볼케이노 대주는 고개를 숙일 수밖에 없었다. 물론 아론이 그들을 비웃으려고 하는 말이 아님을 알고 있기는 하지만, 그렇다 하더라도 자신들의 어쭙잖은 행동이 부끄럽지 않은 것은 아니다.

그리고 결론적으로 변명 같기도 했다. 자신들의 행동을 정당화하기 위한 것 같아서이다. 그런 그들의 행동에 아론은 미약하게 고개를 끄덕였다. 한 달 보름 전과는 많은 것이 달라진 친위대였다.

"부끄러운가?"

"부끄럽습니다."

"사람 됐군."

아론은 대수롭지 않게 농담처럼 말했다. 그에 베이얀 대주와 볼케이노 대주는 피식 웃어버렸다. 농담인 것은 안다. 그럼에도 불구하고 어떤 반감이 드는 것도 아니었다.

"어쨌든 8천이라고는 하지만 이곳은 타베스 산이지. 회색 오크가 아무리 뛰어나고 대단한 종족이라고는 하지만 처음 와본 타베스 산을 우리보다 더 잘 알 것이라고는 생각지 않는다."

"그야 그렇습니다만."

"두 양반은 모르겠지만 이미 아론 형님은 회색 오크를 상대해 본 경험이 있수."

"그렇지. 나와 제라르 역시 상대해 본 경험이 있지."

"그것이……."

이미 상대해 본 적 있다는 말에 베이얀 대주와 볼케이노 대주, 그리고 카툼과 블랙해머는 궁금증이 가득한 얼굴로 아론을 바라봤다.

"북부 방면군에 있었거든. 그때 길버트와 회색 숲으로 정찰을 나갔고 말이지."

"그때 아마 1천 정도 되지 않았수?"

"그 정도 됐지."

아론과 제라르, 그리고 얀센이 마치 아련한 과거를 회상하듯이 대화를 주고받았다.

"그때 아마 길버트 형님도 백인장이지 않았수?"

"난 기사였고 말이지."

"그리고 멋도 모르고 날뛰던 픽스틴 부관이 죽었지 않수?"

"잘 죽었지. 목숨이 경각에 달렸는데 무슨 놈의 기사도는 그리 챙기고, 기사와 용병은 함께할 수 없다느니 돼먹지도 않은 행동을 했지."

"그러고는 결국 머리가 혜까닥 해서 죽지 않았수?"

"그러게 말이다. 왜 그랬을까?"

둘은 마치 만담을 하듯이 대화했다.

"아마도 오크 주술사의 암흑 마법 중 정신 마법에 당한 것일 게다."

그들의 대화에 카툼이 끼어들었다.

"아! 그럴 수도 있겠수. 그때는 몰랐지만 지금은 조금 알 것
도 같수."

"살아 돌아온 게 용하군."

"그때 아론 형님이 고생 좀 하지 않았겠수. 지금이야 어디
가서 맞을 정도는 아니지만 그때만 해도 바닥에서 빌빌 기고
있었던 우리와 길버트 형님을 챙겨서 귀환했으니까 말이우."

"그래서 내가 아론 형님을 존경한다는 거 아니냐. 암, 그렇
고말고. 아론 형님이야 말로 존경할 만하지."

제라르와 얀센은 앞다퉈서 아론을 칭찬하고 있었다.

"그만해라."

"아니, 솔직히 그렇잖수."

"알았으니 그만하고 본론으로 들어가자."

"뭐, 그럽시다."

하지만 두 대주와 카툼, 그리고 블랙해머의 시선이 조금 달
라졌다. 지금이야 여기 있는 4백 명 모두가 익스퍼트이고 소
드 마스터에 그레이트 마스터이다. 그런데 그때 당시에는 잘해
야 소드 유저와 익스퍼트 몇 명이었다.

그런 인원으로 그 무시무시한 회색의 숲에서 작전을 수행했
고, 회색 오크를 상대로 살아왔다는 것이 대단하게 느껴지고

있는 것이다. 그 이유는 보지 않아도 그들의 전력을 최대한 끌어내고 돌파해 낸 것이니 당연하다 할 것이다.

"허면 방법이 있습니까?"

"유격전이지."

"예?"

"유격전술이라고 적의 배후나 측면을 소규모의 유격대가 기습 공격함으로써 적을 교란시키는 전술이다."

"한데 회색 오크들이 어디 있는 줄 알고……."

"뻔하지."

"예?"

다시 되묻는 베이얀 대주와 볼케이노 대주였다. 오늘따라 그들은 자신의 머리가 잘 안 돌아가 답답함을 느끼고 있었다.

"아따, 그 양반들 참."

제라르가 한심하다는 듯이 입을 열었다. 하지만 베이얀 대주나 볼케이노 대주는 별다른 표정을 지어 보이지 않았다. 과거 같았으면 고작해야 용병 나부랭이에게 그런 소리를 들음에 불같이 화를 냈을 것이다.

그때 브라이언이 침착하게 입을 열었다.

"지금 파악한 바로는 회색 오크들은 주변 부족이나 또는 타 부족을 복속시키며 오크의 세를 확장시키고 있습니다. 그렇게 보자면 그들이 단순하게 플랑드르 한 곳을 복속시키고

자 한 개 만인대 전체를 보냈을 리는 없다고 봅니다."

"그야……."

"그런 이유로 그들은 만인대를 천인대, 혹은 백인대 규모로 분산시켰을 겁니다. 플랑드르만이 아닌 플랑드르 인근 지역까지 말입니다. 예를 들면 플랑드르의 아래 지역인 오르도와 플랑드르의 입구라 할 수 있는 악센 지역 등으로 말입니다."

"그렇겠군."

"하지만 그것 하나만의 이유로 그들이 분산되었다고 하기에는 어폐가 있소만."

볼케이노 대주가 의문을 제기했다. 그의 말이 맞았다.

"물론 그렇습니다. 그래서 또 하나의 원인을 들고자 합니다."

"그것이 무엇이오?"

"바로 만인대가 한 곳에 몰려 있었다면 그들이 말한 3천인대와 4천인대가 전멸했을 때 즉시 모습을 드러냈어야 한다는 것입니다. 또한 카툼 대족장의 말을 들어보니 그들만의 신호수단인 뿔 고동을 불었다 하니 반드시 모습을 드러내야 하는 것이 정상입니다."

"그건……."

볼케이노 대주 역시 전투의 끝에 신호를 날리는 오크를 보았다.

"그리고 하나 더하자면 각 천인대는 비상 통신을 위한 주술사가 반드시 열 명씩 배치되어 있다는 점입니다. 주술사의 용도가 비상 통신 및 전투 가담이라면 전투가 시작되거나 혹은 전멸에 가까운 타격을 받았을 때 그들이 해야 할 가장 첫 번째 임무가 무엇이겠습니까?"

"그렇군요. 거기까지는 생각하지 못했습니다."

브라이언의 말에 볼케이노 대주는 순순히 자신의 잘못을 인정했다. 이미 기사들에게 있어 임페리움 용병대는 그저 그런 용병대가 아님은 분명했다. 스스로 인정하고 머리를 숙일 정도이다.

"그래서 아론 대장께서 유격전을 입에 담으셨군요."

"이곳의 지리는 우리가 더 잘 알고 있으니까."

"물론 그렇습니다만 그들은 오크족입니다."

"오크족도 별거 없어. 전사의 긍지를 가진 오크라면 모를까 권력과 정복욕에 잠식당한 오크라면 다 거기서 거기지."

"오히려 더 철저하지 않겠습니까?"

"철저하기는 무슨, 그들은 신체적으로 자신들이 인간보다 우월하다는 것을 알아. 더불어서 인간은 자신들이 전략과 전술을 쓰는지 모르고 있다고 판단하고 말이지. 자, 생각해 보자. 지리적인 이점을 가지고 저들의 이동 경로를 파악하고 있는 우리가 이길까, 아니면 적을 얕보고 자만해 있는 오크들이 이길까?"

"그걸 질문이라고 하는 거유?"

제라르가 퉁명스럽게 입을 열었다. 그에 아론은 고개를 끄덕이며 맞장구쳤다.

"그렇지. 명백하게 우리가 이기는 전투지."

베이얀 대주와 볼케이노 대주 역시 고개를 끄덕이며 인정했다. 하지만 전투라는 것이 계획한 대로만 이뤄지는 것은 절대 아니었다. 그러하기에 그들은 걱정하고 있는 것이다. 아무리 유격전이라 할지라도 말이다.

"베이얀 대주와 볼케이노 대주가 한 조가 되고, 제라르와 브라이언이 한 조가 되어 티말 산으로 이동한다."

"티말 산이라면……."

"길목을 차단하고 기습을 하는 거지. 그리고 총지휘는 제라르가 하고 참모장은 브라이언으로 한다."

"알겠수."

"알겠습니다."

베이얀 대주와 볼케이노 대주도 인정했다. 용병이라 해도 그 실력은 진짜였다.

"허면……."

그때 베이얀 대주가 조심스럽게 물어왔다.

"나와 얀센이 한 조가 되고 카툼과 블랙해머가 한 조가 된다. 그리고 우리는 악센 지역으로 가서 길목을 차단한다."

"정녕 그리해도 되겠습니까?"

"아따~ 그 양반, 의심은 많아가지고. 형님이 된다고 하면 되는 거지 뭘 그렇게……."

"아무리 그래도 두 명에서 2천의 병력을 막는다는 것은 힘들지 않겠소."

"그러면 우리가 4천인대를 전멸시킬 때 3천인대는 어땠수. 모르긴 몰라도 우리보다 빨리 끝장을 봤을 거유."

"그건……."

"이것 역시 마찬가지 아니유. 그때도 기습이고 지금도 기습이고. 뭐가 다르단 말이우? 각각 찢어진 적은 큰 문제가 되지 않는단 말이우."

"그야 그렇지만……."

"그만! 이미 결정된 사항, 곧바로 움직여."

베이얀 대주의 걱정은 알고 있지만 아직 그들은 그레이트 마스터와 그랜드 마스터, 아니, 인피니티 마스터일지도 모를 아론의 진실한 실력을 측정할 수 없기에 한 말임이 분명했다.

아직 그들은 저번의 깨달음으로 소드 마스터에 한 걸음 더 다가가기는 했지만 소드 마스터가 되지는 않았다. 하지만 이제 약간의 깨달음만 있다면 충분히 마스터의 반열에 오를 수 있으니 그렇게 놓고 보면 실제 그들의 전력을 상상하기란 쉽지 않았다.

아론의 결정에 더 이상 토를 다는 이는 없었다. 이미 아론과 얀센, 그리고 카툼과 블랙해머는 저만치 달려가고 있었다.

"자, 이제 우리도 움직여야지."

제라르 역시 브라이언과 눈을 마주친 이후 용병들과 함께 움직였다. 그에 베이얀 대주와 볼케이노 대주는 어쩔 수 없다는 표정으로 그들을 따라 나섰다. 그때 부대주 중 한 명이 그들에게 입을 열었다.

"크게 걱정하지 않아도 되지 않겠습니까?"

"왜 그렇게 생각하나?"

"어쭙잖은 생각일지 모르지만 지금까지 보아온 용병들의 모습은 결코 약하지 않기 때문입니다."

부대주의 말에 베이얀 대주와 볼케이노 대주는 앞서 나가고 있는 용병들의 등 뒤를 바라봤다. 확실히 그랬다. 용병들은 절대 약하지 않았다. 특히 제라르라는 자는 분명 소드 마스터임이 분명했고, 네 명의 교관, 혹은 중대장이라고 불리는 용병들은 자신들과 비슷하거나 약간 앞서 있었다.

그들뿐만 아니었다.

그들을 따르는 2백에 달하는 용병들도 마찬가지였다. 그들 중 익스퍼트가 아닌 자가 없었다. 물론 단순히 그들이 익스퍼트가 아닌 자가 없다고 해서 그들을 강하게 생각하는 것은 아니었다.

베이얀 대주와 볼케이노 대주가 생각하는 그들이 강하다는 것은 바로 경험이었다. 타베스 산과 티말 산을 오가며 유격전을 통해 훈련하는 동안 그들은 절실하게 그 점을 느꼈다. 실력도 실력인데, 실력을 뒷받침해 주고 있는 경험은 그야말로 줄어들지 않는 격차를 만들어내고 있었다.

모의 유격전을 치르면서 번번이 지면서도 그들은 그것을 아주 절실하게 느끼고 있었다. 자신들은 너무 정석적이었다. 그에 반해 용병들은 자신들의 정석적인 전략을 빠르게 흡수하면서 자신들이 가진 변칙적인 전술을 능숙하게 사용했다.

결국 패할 수밖에 없었다.

"어쩌면 부대주의 말이 맞을지도 모르겠군."

"내가 보기에는 부대주의 말이 맞아."

베이얀 대주의 생각에 볼케이노 대주는 확정지었다.

"우리는 아직도 안주하고 있어. 달라졌다고는 하지만 여전히 우리는 기사라는 자부심과 플람베르 가문의 친위대라는 개도 안 물어갈 자존심 때문에 용병들의 변칙적인 전술을 배우려 하지 않지."

"그건……."

"그냥 들어봐."

"그러지."

"그런데 용병들은 다르지. 그들은 우리의 장점인 정석을 빠르게 흡수하면서 자신들의 장점을 확실하게 인지하고 전술에 녹여내고 있지. 우리는 경직된 사고를 가지고 있고 그들은 유연한 사고를 가지고 있지. 결과는?"

"……!"

모두 대답은 없었지만 즉각 알 수 있었다. 아직도 자신들은 구태의연함을 버리지 못하고 있었다.

"물론 지난 한 달 보름간의 훈련이 우리를 변하게 하기는 했지만 아직도 우리는 모자라다는 것이지. 모자람을 알고 더욱 노력하는 자와 모자람을 알면서도 나가지 않고 버티는 자 중 누가 더 강하다고 생각하나?"

"…내가 생각이 짧았군."

결국 베이얀 대주는 인정했다.

"갑자기 많은 것이 변할 수는 없겠지. 하지만 지금보다 조금 더 빠르게 변해야만 해. 용병들의 유연함을 배워야 하지. 물론 기사로서의 자존심 역시 지켜야 하고 말이다. 그리고 그 방법이 있지."

"그 방법이 무언가?"

"그들을 인정하는 거지. 인정하면 지금보다 훨씬 더 빠르게 우리는 강해질 수 있을 것이다."

"……."

그 말은 확실했다.

용병들을 인정하면 되는 것이다.

"그들도 사람이고 우리도 사람이고, 그들도 칼끝에 선 삶을 살고 있고 우리 또한 마찬가지다. 무엇이 다른가? 살아온 환경이 다를 뿐이다. 도대체 우리가 그들에게 내세울 것이 무언가? 어쩌면 우리는 그들보다 더 못난 놈들일지 모른다."

"그건……."

"왜? 아니라고 하고 싶은가? 하면 한번 따져보자. 그들보다 더 좋은 환경에서 태어나고 더 좋은 무기와 더 좋은 방어구, 우월한 훈련을 받은 우리이다. 그런데 왜 그들에게 뒤지는 거지?"

"……."

그 누구도 볼케이노 대주의 말에 반박할 수 없었다. 모든 것이 우월한 자신들이 용병들에게 매일 패한다. 무엇이 문제일까? 결국 자신들의 생각대로라면 자신들은 열등한 존재가 될 뿐이다.

"그래서 인정하란 말이다. 그들이 강하다고 인정하란 말이다. 그래서 배우란 말이다. 그들의 강함이 어디에서 나오는지 배우란 말이다."

"배우… 겠습니다. 그리고 인정하겠습니다."

기사들의 입에서 그 말이 기어코 흘러나왔다. 그에 볼케이노 대주는 만족한 웃음을 지어 보이며 말없이 빠르게 용병들의 뒤를 따라잡았다.

"그렇군. 나는 아직도 저들을 인정하지 않고 있었군."

베이얀 대주조차도 볼케이노 대주의 말을 듣고 깨달았다. 그래서 자신이 이끄는 1백의 친위대보다 그가 이끄는 1백의 친위대가 훨씬 훌륭한 결과를 도출하고 있는 것이었다. 그 이유는 바로 상대를 인정하고 나보다 높은 곳에 두고 있었기 때문이다.

눈을 돌리자 그들의 기세가 달라졌다. 그런 그들을 보며 제라르가 한마디 했다.

"이제야 눈을 떴구만."

"그러게 말입니다."

"하여간 기사들이란……."

"이제라도 눈을 떴으니 다행 아닙니까?"

"그건 그렇고, 섞어야 하지 않을까?"

"괜찮을 겁니다. 대장님이 그것을 모를 리 없을 것이고."

"흠. 아마 본인의 실력에 대한 확신을 주기 위해서겠지?"

"그럴 겁니다."

"음."

제라르는 가볍게 고개를 주억거렸다. 그런 그를 보고 무슨 생각을 하는지 알겠다는 듯이 브라이언이 다시 입을 열었다.

"우리도 그렇지만 친위대도 약하지 않습니다."

"그렇긴 한데……."

"그리 걱정할 건 없을 겝니다. 들어보니 천인장이면 중전사로 익스퍼트 중급에 이른다고 했으니 그리 큰 문제는 없을 것이고, 전사들이나 백인장 정도는 가볍게 처리할 수 있을 겝니다."

"그랬으면 좋겠구만."

브라이언의 말에 고개를 주억거린 제라르는 별다른 말을 하지 않았다. 브라이언이라면 어느 정도 피해를 최소화할 수 있을 것이기 때문이다.

"문제는 대장님과 카툼 대족장이겠지요."

"헹! 두 형님을 걱정해? 차라리 하늘이 무너질까 걱정하는 게 더 나을걸?"

"그래도 둘이잖습니까?"

"아, 맞다. 브라이언은 회색의 숲에 안 갔었지?"

"그야 뭐……."

"난 갔지. 그리고 봤지."

"그… 렇습니까?"

"그래. 그래서 길버트가 형님을 친구로 대하고 있는 것이겠지. 그것이 진심인지 아닌지는 모르지만."

"그렇군요. 그러면 이번 전투는 필승이겠군요."

"피해를 최소화해야 한다는 게 문제지만."

"그래서 제가 있는 겁니다."

브라이언의 말에 제라르는 빤히 그를 바라보다 고개를 끄덕였다. 과거와는 많이 달라진 브라이언이다. 하지만 그것은 자만이 아니라 자신감이었다.

"어쨌든 빨리 가자고."

"그러지요."

*　　　　*　　　　*

"좀 아쉽군요."

"뭐가?"

"조금만 더 시간이 있었으면 좋았을 텐데 말입니다."

"모든 것이 계획대로만 이뤄지지는 않으니까."

아론의 말에 수긍하는 얀센. 그 사이를 비집고 들어오는 카툼.

"아마도 이번 전투만 마무리 지으면 당분간 훈련에 전념할 수 있을 것이다."

"이유는?"

"지금 회색 오크 일족은 확장 일로에 있다."

"그 말은 이곳에 신경 쓸 여유가 없다는 것인가?"

"아마도. 나를 제거하는 것이 중요하기는 하지만 전체적인 상황으로 봐서 나보다는 오크 일족들을 회색 오크 아래에 두는 것이 더 중요한 일이니까."

"그럴 수도 있겠군."

확실히 카툼의 말이 맞았다. 고개를 주억거린 아론이 다시 입을 열었다.

"그러자면 살아 돌아가는 놈이 없어야겠군."

"그럴 것이다. 그리고 주술사는 가장 먼저 제거해야 한다."

"그렇겠지."

당연한 말이기는 하지만 가장 어려운 것이 바로 주술사를 제거하는 것이다. 왜냐하면 그들은 전장 전체를 살피고 분산되어 있는 병력을 일괄적으로 움직이게 할 수 있는 중추이기에 그들은 후방에 위치하면서 엄중한 보호를 받기 때문이다.

아론은 대답하며 슬쩍 블랙해머를 바라봤다.

"나는 걱정 안하서도 되오."

그러면서 손가락을 둥글게 말아 입속으로 가져가더니 날카로운 휘파람 소리를 내었다. 그의 휘파람 소리는 아득히 먼 곳으로 가늘게 퍼져 나갔고, 얼마 지나지 않아 무언가 빠르게 그들을 향해 달려오는 것이 느껴졌다.

매우 빠른 속도. 감히 말과 비견할 수 없는 속도였다. 그리고 그들은 그 존재가 모습을 드러냈을 때 고개를 끄덕일 수밖에 없었다.

크르르륵!

거대한 갈기를 지닌 검은 갈기 다이어 울프가 그들 앞에 모습을 드러냈기 때문이다. 검은 갈기의 다이어 울프는 모습을 드러내자마자 날카로운 이빨을 드러내며 으르렁거렸다. 하지만 그 누구도 검은 갈기 다이어 울프의 으르렁거림에 신경 쓰는 이는 없었다.

그때 블랙해머는 다이어 울프의 검은 갈기를 쓰다듬으며 말했다.

"한창 떠돌아다닐 때 만난 놈이오. 근 십 년이 넘었지만 이 놈만큼은 결코 나를 배신하지 않았소."

"좋은 놈이로군."

아론의 말에 블랙해머는 이빨을 드러내며 웃어 보였다. 비록 말은 통하지 않았지만 오랫동안 같이한 친구와 같은 검은 갈기 다이어 울프를 칭찬하자 기분이 좋아졌기 때문이다.

"그놈이 있다면 속도를 높여도 되겠군."

"물론이오."

그러면서 거침없이 검은 갈기 다이어 울프의 등에 오르는 블랙해머.

"가지."

말을 마친 아론의 신형이 쭈욱 늘어났다. 얀센과 카툼 역시 마찬가지였다. 그에 블랙해머 역시 발로 검은 갈기 다이어 울프를 배를 찼다.

타다다다닥!

거친 소리를 내며 다이어 울프가 내달렸다. 실로 빠른 속도로서 말과 비할 바가 못 되었다. 그러함에도 불구하고 다이어 울프와 블랙해머는 세 명을 따라잡을 수 없었다. 간신히 그들의 모습이 어른거릴 정도의 거리만을 유지했다.

그에 블랙해머는 고개를 절레절레 저을 수밖에 없었다.

'인간 같지도 않군.'

정말 그랬다. 다이어 울프조차도 따라잡을 수 없을 정도의 속도라니 말이다. 그러함에도 불구하고 블랙해머는 이빨을 드러내며 웃을 수밖에 없었다. 강자들과 함께 한다는 것은 언제나 즐거운 일이었다.

*　　　*　　　*

"크르르, 3, 4천인대가 인간들에게 당했다고?"

"그렇습니다."

"멍청한 그로코크와 탈로크. 인간 따위에게 당하다니."

악센 방향의 7천인장 나르골은 말도 안 되는 소리에 이를 드러내며 분노를 표시했다. 멍청하다고는 했지만 그로코크와 탈로크는 결코 만만치 않은 실력자였다. 그런 그들이 인간들에게 당했다니 솔직히 믿기 어려웠다.

"그래서?"

"골가스 군장님의 전언에 따르면 타베스 산의 송곳 바위 쪽으로 집결하라 했습니다."

"그 외에는?"

"인간들과 조우 시 반드시 격파하라 하셨습니다."

"역시 골가스 군장님이구나. 모두 준비하라."

"명!"

나르골이 천인대를 모아 회색 늑대를 타고 이동하기 시작할 즈음 8천인장인 모부투 역시 이동하기 시작했다. 집결지는 같았지만 그들이 향하는 방향은 달랐다. 서로 합류해서 가기보다는 흩어져서 빠르게 치고 나가는 것이 더 낫다는 것을 알기 때문이다.

"두 곳으로 갈라졌군."

그리고 아론은 하늘 높이 날아올라 그들의 움직임을 주시하고 내려와 일행에게 입을 열었다.

"나와 얀센은 북으로 가는 천인대를 맡겠다. 카툼과 블랙해머는 그 아래 가시덤불 지역의 하단에서 이동하고 있는 천인대를 맡아라."

"가시덤불 지역에서 어느 쪽으로 이동하고 있는가?"

"그롤의 강으로 향하고 있다. 강 유역을 타고 빠르게 이동할 것으로 보인다."

"알겠다."

말을 마침과 동시에 카툼과 블랙해머는 빠르게 이동해 순식간에 악센의 가시덤불 평야 남부로 향했다.

"성격 한번 화끈해서 좋구만."

얀센의 말에 피식 웃은 아론은 걸음을 옮기기 시작했다. 한 발자국, 두 발자국, 그러다 종내에는 보이지 않을 정도로 빠르게 이동했다. 그의 달려가는 속도는 얀센에게 맞췄기에 얀센도 어렵지 않게 그를 따라붙고 있었다.

'참내, 이 양반은 도대체……'

얀센은 아론의 뒤를 따라붙으면서도 입술을 삐죽 내밀었다. 그도 그럴 것이, 자신은 그레이트 마스터다. 에퀘스의 성역에 있는 일곱 좌의 주인들과 어깨를 나란히 할 수 있을 만큼의 실력을 지닌 자신인데도 아론과 함께 있으면 마치 이제 막 검을 손에 쥔 사람이 되어버렸다.

애초에 아론과 자신을 비교하지는 않았지만 그레이트 마스터에 오르고도 도대체 아론의 경지가 어느 정도인지 짐작조차 할 수 없으니 그게 참 아이러니했다. 그냥 본다면 아론의 모습은 지극히 평범해 보였다.

물론 자신도 다르지는 않았지만 어쨌든 아론이 자신을 염

려해 속도를 줄이는 것을 보며 입맛을 다실 수밖에 없었다.

'좌? 우?'

아론이 메시지 마법처럼 입도 벌리지 않은 채 생각을 전달했다.

'좌측으로 가겠습니다.'

얀센 역시 마찬가지였다.

'빨리 끝내고 가시덤불 평야 남부로 내려가지.'

'알겠습니다.'

그들은 좌우로 갈라졌다. 그 순간 둘의 신형은 어느새 가시덤불 평야의 일부가 되어 사라지고 있었다. 특히 아론의 경우는 완전히 공간에 녹아든 모습을 보이고 있었다. 그리고 그는 지금 마치 마법사의 블링크처럼 몇 백 미터를 순식간에 가로지르고 있었다.

'스페이스 로드.'

어느 순간 공간의 길이 만들어졌고, 아론은 거침없이 길을 통해 이동하면서 투박한 대검을 꺼내 좌우로 휘저었다.

촤좌자자작!

정찰 백인대 소속의 정찰조로 보이는 열 명의 오크가 거의 동시에 멈칫했다.

그리고.

투두두둑!

그들의 목이 힘없이 떨어져 내렸다. 그들은 눈동자는 자신이 왜 죽어야 하는지 모르겠다는 그런 표정이다. 아니, 자신이 죽었는지도 모르는 표정 그대로였다. 순식간에 정찰조를 도륙한 아론은 다시 공간을 접으면서 이동하기 시작했다.

얼마 가지 않아 아직 어떤 신호도 받지 못한 정찰 백인대의 절반이 느릿하게 주변을 경계하면서 이동하고 있었다. 느릿하다고는 하지만 그들이 이동하는 속도는 빨랐다. 이미 가시덤불 평원에 존재하는 평원 오크들을 모두 복속시킨 듯싶었다.

하지만 그렇다 해도 가시덤불 평원이 개척되지 않는 이유가 있었다. 바로 늪지 스콜피언과 습지를 주 서식지로 삼는 리자드맨, 혹은 크로다일의 주요 서식지였기 때문이다. 그런데도 저리 움직인다는 것은 이미 그런 것쯤은 안중에도 없다는 것을 의미한다.

아니, 어쩌면 그런 몬스터조차 그들의 휘하로 복속시켰는지도 모른다. 물론 그러기에는 그 시간이 지극히 짧아 그럴 가능성은 낮다. 그리고 얼마 지나지 않아 늪지 스콜피언 세 마리가 튀어나왔다.

"캬아아악!"

단단하고 거대한 두 개의 앞발과 금방이라도 독액이 흘러나올 것 같은 치커든 꼬리까지 분명 위협적이었다. 하지만 오크 정찰대는 당황하지 않고 드높은 함성을 외치며 금세 대형을 갖추고 거침없이 늪지 스콜피언을 사냥하기 시작했다.

말 그대로 사냥이었다.

공격은 늪지 스콜피언이 먼저 했지만 당하는 것은 오히려 늪지 스콜피언이었다. 질척한 늪지를 평지처럼 달리며 강력한 두 집게발로 공격했지만 회색 오크 정찰대는 어렵지 않게 피해내면서 큰 동작에 이어 드러난 약점인 배 부분을 거침없이 공격했다.

"끼에에엑!"

한 마리의 늪지 스콜피언이 공격다운 공격도 해보지 못하고 검녹색의 체액을 터뜨리며 몸부림쳤다. 그때 또 다른 회색 오크 한 명이 재빨리 배후로 돌아가 늪지 스콜피언의 꼬리를 내려쳐 단번에 잘라내 버렸다.

세 마리 다 순식간에 변변한 공격조차 해보지 못하고 죽음을 맞이했다. 회색 오크들은 무엇이 그리 좋은 거친 웃음을 토해내며 잡은 늪지 스콜피언의 집게발과 꼬리를 잘라내 조심스럽게 갈무리했고, 이어 죽은 늪지 스콜피온을 뒤집어 내장을 꺼내고 두툼한 살점을 게걸스럽게 먹기 시작했다.

마치 오랜만의 별미라는 듯이 말이다. 참으로 어이없는 한 판이었다. 늪지 스콜피언이 아주 강한 몬스터는 아니기는 해도 단단하기 그지없는 갑각과 꼬리의 독액은 그야말로 치명적이어서 생각 외로 까다로운 몬스터라고 할 수 있다.

그런데 그런 몬스터를 불과 10분도 지나지 않아 잡아버리는 회색 오크들이다. 과연 오크 중 가장 뛰어난 오크라 할 만했다. 하지만 아론의 감탄은 거기까지였다. 다시 공간의 길을 열고 그 길을 통해 이동하기 시작했다.

공간을 점유하고 있기 때문에 오크들의 움직임은 거의 멈춰 있는 것과 같았다. 이를테면 아론이 지나가고 있음에 그저 멍하니 멈춰 서 있는 것과 같았다. 공간을 지배한다는 것은 그 공간 안에 있는 시간조차 지배한다는 것이다.

스걱! 사각! 스가각!

미세한 소음이 발생했다.

그냥 소음이 발생한 것뿐이었다. 그리고 그가 공간의 길 끝에 도달해 있을 때 오크들은 다시 왁자지껄한 소리를 내다 아론의 존재를 깨닫고 무어라 외치려는 그 순간이었다.

투두두둑!

50명에 가까운 회색 오크들이 일제히 움찔거리더니 목에 가느다란 혈선이 만들어졌고, 그 혈선을 따라 검녹색의 핏물이 배어 나오기 시작했다.

투두두둑!

아론에 의해 정찰 백인대 중 절반에 가까운 인원이 순식간에 죽음을 맞이했다. 아론은 말없이 죽은 오크들을 뒤로한 채 다시 신형을 움직이기 시작했다. 진득한 피 냄새를 지울 생각도 하지 않았다.

아니, 오히려 이 피 냄새가 회색 오크들을 자극해 줬으면 하는 생각도 있었다. 분노한다면 오히려 더 빨리 회색 오크들을 제거할 수 있을 터였다. 하지만 그것을 기대하기는 난점이 있었다.

이곳은 늪지에 가까운 곳이다. 때문에 죽어서 썩은 시체가 곳곳에 존재했다. 또한 늪지 자체에서 생성하는 말할 수 없이 고통스러운 냄새 때문에 동족의 피 냄새를 포착하기에는 어려운 점이 있었다.

하지만 의외의 곳에서 오크들은 분노하고 있었다. 바로 얀센이 치고 들어간 곳이었다. 얀센 역시 오크 정찰대를 만났고, 그는 가차 없이 손을 썼다. 하지만 아론만큼 능숙하지도 은밀하지도 않았기에 정찰 백인대의 대원인 주술사에 의해 본대에 알려진 것이다.

물론 아론 역시 주술사가 존재하긴 했다. 하지만 자신이 언제 어떻게 죽었는지도 모를 주술사가 본대에 기습 소식을 전하기에는 무리가 있었다. 얀센도 빠르게 숨 한 번 내쉴 정도의 빠른 속도로 회색 오크 정찰대를 잡아내기는 했지만 약간 늦었다.

그에 나르골이 이끄는 천인대는 미친 듯이 정찰 백인대의 주술사로부터 전해 받은 지역으로 달려갔고, 그들은 허망하게 죽은 시체가 되어버린 정찰 백인대를 바라보았다. 그런 그들을 보며 한 명의 인간이 할버드를 어깨에 턱 걸친 채 히죽 웃고 있다.

"인간… 놈!"

"그래, 나 인간 놈이다."

"감히……."

"하여간 오크나 인간이나 그놈의 감히는 입에 달고 사는구만."

"죽여!"

나르골이 외쳤다.

그가 조금이라도 냉정했다면 주변을 살폈을 것이다. 하지만 불행하게도 나르골은 그렇게 주의 깊은 회색 오크가 아니었다. 그는 전사의 긍지가 가득한 회색 오크였다. 자신이 거느린 천인대면 적어도 인간 놈들이 이끄는 만인대와 맞붙어야만 한다고 생각하는 나르골이었다.

자신을 향해 미친 듯이 달려드는 회색 오크 천인대를 바라보는 얀센은 히죽 웃으며 입을 열었다.

"그래, 이 정도는 돼야 할 맛이 나지. 감질나게 암습 따위는 무슨……."

그 말과 함께 그는 할버드를 빗겨든 채 가시덤불 습지를 박차고 날아올랐다. 그리고 달려오는 회색 오크들의 한가운데로 떨어져 내리며 할버드를 찍어 내렸다.

콰아아아앙!

"크아아악!"

"캐애액!"

굉렬한 소리가 들려오고, 회색 오크 전사들이 허공으로 치솟아 올랐다. 회색 오크 전사들만이 아니었다. 얀센이 찍어 내린 할버드를 중심으로 원이 생성되어 세 겹, 네 겹의 진흙이 솟아오르며 공중에 떠 있는 오크들을 꼬챙이처럼 꿰어버렸다.

그리고 나르골의 전신을 부들부들 떨게 할 정도의 수없이 많은 비명 소리가 그의 귓등을 간질였다. 하지만 문제는 그것뿐만이 아니었다.

"저, 적이다!"

"뒤, 뒤에……."

쿠와아아앙!

천인대의 배후에서 또다시 폭음이 들려왔다. 나르골은 전신을 부들부들 떨며 대체 어떻게 된 상황인지 몰라 했다.

CHAPTER 6

전투 Ⅱ

'포위당한 건가?'

순간 나르골은 그 생각이 떠올랐다. 하지만 이내 그의 얼굴 근육이 씰룩이며 기괴한 흥소를 떠올리고 있었다.

"크르르, 그렇단 말이지. 어쨌든 좋다. 쿤타가 전방을 맡아라. 통신은 춤크웨와 하도록."

"명!"

앞뒤로 적을 맞이한 회색 오크의 천인대장 나르골은 곧바로 정신을 차리고 병력을 분리했다. 인간 병사들이 얼마나 왔는지 모르지만 대회색 오크 전사에 비하면 아무것도 아니었다. 나르골은 잔인한 미소를 떠올렸다.

"2, 3, 4, 5백인대는 나를 따르라!"

"명!"

자연스럽게 6백인대부터 10백인대의 오크들은 부관인 쿤타를 따라 이동했다. 네 개의 백인대를 대동한 나르골은 콧김을 푹푹 뿜어내며 후방으로 향했다.

이럴 때는 영락없이 몬스터인 오크일 뿐이다. 하지만 앞으로 달려가며 두 개의 백인대가 좌우로 퍼지고 하나의 백인대가 앞으로 나서는 것은 절대 일반적인 오크들의 움직임이 아니었다.

바로 생각할 수 있고 응용할 줄 아는 하나의 종족으로서의 오크였다.

"크와아아앙!"

앞으로 달려 나가며 나르골은 거대한 함성을 질렀다. 그 함성은 잔인하고 폭력적이며 아군에게는 사기를, 적군에게는 공포를 선사해 줬다. 그의 함성을 따라 달려 나가는 오크들 역시 커다란 함성을 내질렀다.

무기와 무기를 부딪치며 전의를 다졌다. 그리고 그들이 후방의 어느 지점에 도달했을 때 그들은 피떡이 되어 사방에 널브러진 회색 오크 전사들의 시체를 볼 수 있었다.

"크와아앙!"

다시 나르골이 울부짖었다. 그들의 진형은 마치 거대한 새가 날개를 펼친 것과 같은, 혹은 거대한 그물과도 같은 모습이었다. 단 한 놈도 놓치지 않겠다는 굳건한 의지가 서려 있었다. 투기와 사기가 충천한 그들이 전방을 주시했다.

그들은 습지대를 가득 메운 인간 군대를 생각했다. 하지만 아무것도 없었다. 순간 회색 오크들은 으르렁거리면서 전방을 주시하기 시작했다.

그때.

저벅저벅!

그들의 시각과 청각을 집중시키는 무거운 발걸음 소리가 들려왔다. 4백의 회색 오크들의 시각과 청각을 집중시킨 발자국 소리의 근원지에는 단 한 명의 사내만이 존재했다.

바로 아론이었다.

그는 어깨에 투박한 대검을 턱하니 걸친 채 무표정하게 4백의 회색 오크들이 있는 한가운데로 걸어 들어오고 있었다.

"크르르! 네놈은!"

"인간 놈이지."

무감정한 목소리가 툭 튀어나왔다.

꿈틀!

그에 나르골의 눈썹이 꿈틀거렸다. 이 상황이 마음에 들지 않은 탓이다. 나약한 인간 놈 주제에 4백에 이르는 오크 전사들이 있는 곳을 홀로 걸어 들어오다니 그게 말이 되느냐 말이다. 말이 안 됐기 때문에 더욱 심기가 불편했다.

"죽여!"

나직한 나르골의 외침이 터졌다. 분노가 극에 달하면 오히려 침착해지나 보다. 그의 눈동자는 실핏줄이 드러나며 시뻘게졌지만 흘러나오는 목소리는 나직했다. 하지만 그는 분노하고 있었다.

그것을 느낀 회색 오크들은 아론을 향해 걸음을 옮기기 시작했다. 이 같잖은 인간 놈을 제거하기 위해서이다. 아론 역시 여전히 어깨에 투박한 대검을 올린 채 마치 한가하게 산책을 하듯이 걸음을 옮겼다.

"크와아악!"

그때 한 회색 오크가 커다란 함성을 지르며 아론을 향해 배틀해머를 뒤로 젖히며 뛰어올라 아론의 머리 위로 떨어져 내렸다. 그에 아론은 자신을 향해 그림자를 드리우며 떨어져 내리고 있는 회색 오크를 흘깃 본 후 주먹을 내질렀다.

파앙!

"크워어억!"

날아올라 떨어질 때보다 더 빠르게 튕겨져 나가며 검녹색의 피를 흩뿌리는 회색 오크. 그리고 그것이 촉발제가 되었다. 느릿하게 아론을 향해 걸음을 옮기던 회색 오크들이 일제히 커다란 함성을 지르며 그를 향해 쇄도해 들어왔다.

아론 역시 기다리지 않았다.

그 역시 튼튼한 두 다리로 대지를 박차며 앞으로 달렸다. 그러면서 투박한 대검을 아래에서 위로 휘둘렀다. 전면에 한 번, 좌측으로 한 번, 우측으로 한 번.

스화아악!

바람이 불었다.

그리고.

콰아앙!

"캐애액!"

"끄아악!"

"끄윽!"

그가 투박한 대검을 휘두른 세 방향에서 폭음이 들려왔고, 수십의 회색 오크들이 고깃덩어리가 되어 사방으로 비산했다. 그 순간 아론은 공간을 뛰어넘어 회색 오크들의 한가운데 모습을 드러냈다.

서걱! 사각! 서걱!

투두두둑! 툭! 툭!

회색 오크들의 목이 잘려 나가며 바닥에 떨어져 내렸다. 하지만 회색 오크들은 아론의 모습을 발견할 수 없었다. 너무나도 빠른 그의 움직임에 그의 신형을 쫓을 수조차 없었기 때문이다.

"크와아악! 죽여! 죽이란 말이다!"

그때 백인장쯤 되어 보이는 회색 오크가 발악을 했다. 하지만 중요한 것은 뭐가 보여야 죽이지 보이지도 않은 적을 대체 어떻게 죽인단 말인가? 나르골은 눈을 크게 뜨고 투기를 모아 전방을 주시했다.

하지만 보이지 않았다. 그가 전방을 응시하는 그 순간에도 회색 오크들은 죽어가고 있었다. 그에 사기 충전하던 회색 오크들은 주춤거리기 시작했다. 어둠을 지배하는, 보이지 않는 악령이 자신들의 목숨을 노리고 있는 것 같았으니 어쩌면 당연한 대응이라 할 수 있다.

나르골은 곁에 있는 주술사 춤크웨를 쳐다봤다. 그에 춤크웨는 곧바로 알 수 없는 무언가를 웅얼거렸고, 기이한 모양의 물푸레나무를 들어 올리며 두 손을 하늘로 향했다. 그의 눈동자가 녹색으로 물들어갔고 두 손마저 녹색으로 물들어갈 즈음 춤크웨는 물푸레 지팡이로 전방으로 가리켰다.

그의 물푸레 지팡이 끝에 달린 짙은 초록색 보석이 형광색으로 빛을 냄에 일정 공간이 옅은 녹색으로 물들었고 몇몇 곳은 조금 더 짙은 녹색으로 빛이 났다. 그리고 몇몇 곳을 통해 빠르게 움직이는 무언가가 있었다.

"저기다!"

춤크웨가 외쳤다.

그에 수없이 많은 오크들이 진녹색의 빛을 띠며 움직이는 물체를 향해 쇄도해 들어갔다. 그러한 회색 오크들의 눈도 역시 녹색으로, 혹은 적녹색으로 발광하고 있었다.

"크르륵카카칵!"

"크카카캇!"

"죽는 거다!"

춤크웨와 나르골은 누런 이를 드러내며 웃었다.

'이 하라크의 빛이 있는 한 네놈이 숨을 곳은 어디에도 없다'

하라크의 빛.

오크 주술사라면 누구나 익히는 주술 중의 하나로 광역에 걸쳐서 살아 있는 생명체의 피를 쫓아 탐지하는 기능과 함께 오크들의 투기를 극대화시키는 힘을 가진 주술이다.

인간이 구사는 마법과는 같은 듯하면서도 다른 오크들의 주술은 어떤 매개체로 인해 발현되는데, 지금 춤크웨가 발현한 마법은 바로 죽은 오크들이 흐르는 피로 발현된 주술이라 할 수 있었다.

그리고 그것을 증명이라도 하듯이 지금 죽은 오크 전사들의 피류에서 흘러나오는 검녹색의 피가 마치 자석처럼 이끌려 춤크웨의 발밑으로 끊임없이 이동하고 있었다. 하지만 어느 오크들도 춤크웨의 발밑을 확인하는 오크는 없었다.

하지만 아론은 연신 오크들의 목을 잘라내면서 춤크웨라는 주술사의 발밑을 보고 있었다.

쉬익!

뒤에서 날아오는 글레이브를 슬쩍 피하면서 대검을 역으로 잡아 우격다짐으로 찔러 넣는다.

"크륵!"

널찍한 대검이 가볍게 오크의 질긴 가죽을 뚫고 들어가 근육과 뼈를 갈라 버렸다. 아론은 쓱 대검을 뽑아 들자 허리를 숙였고, 그의 머리 위로 날카로운 할버드의 창날이 스치고 지나갔다. 아론은 여전히 무표정하게 대검을 쭉 내밀어 전신을 팽이처럼 회전시켰다.

사가가각!

마치 조각칼로 나무를 밀어내는 것 같은 소리가 흘러나왔고, 수십의 회색 오크들은 미처 피하지 못하고 허리가 잘려 검녹색의 핏물을 흘리며 죽어갔다. 가끔 허리가 잘린 와중에도 아론의 발목을 잡는 독한 놈들이 있기는 했다.

콰직!

오크들은 아론의 발아래에서 두개골이 부서지는 참담함을 겪어야만 했다.

'저거로군.'

주술사를 유심히 살핀 아론은 주술사의 옆으로 기이하게 생긴 초록색의 토템이 솟아 있는 것을 볼 수 있었다. 토템은 점점 자라고 있었다. 그리고 점점 더 진한 녹색으로 변해가고 있다. 그만큼 아론이 죽일 오크들의 수가 많아진다는 것일 게다.

그것을 확인한 아론은 순간적으로 모습을 감췄다.

"억!"

"어디냐?"

"찾아라!"

회색 오크들이 외쳤다. 그에 춤크웨는 잠시 당황한 표정을 지어 보이더니 이내 얼굴을 딱딱하게 굳히며 다시 주문을 외우기 시작했다.

"라아~ 샤하 쿰~ 움 타하~"

그의 토템으로 모아지는 검녹색의 핏물이 더욱더 많아지고, 주술사가 들고 있던 물푸레나무에 초록색 빛을 발하던 보석은 더욱더 진녹색으로 짙어져 가며 종내에는 검녹색으로 변해갈 즈음이었다.

스칵! 콰아아앙!

"커컥! 아, 안 돼……."

순간 오크 주술사 춤크웨는 각혈을 했다. 그에 그의 곁을 지키고 있던 호위 오크들이 일제히 아론을 향해 무기를 휘둘렸다. 하나 별 의미 없는 짓이었다. 어느새 아론은 주술사 옆에 있던 진녹색으로 변한 토템을 박살 내버리고 오크들의 포위망을 벗어나며 투박한 대검을 휘둘러 춤크웨를 두 동강 내버렸다.

촤아아악!

춤크웨라는 주술사의 신형이 좌우로 갈라지면서 검녹색의 핏물이 사방으로 퍼졌다. 그와 동시에 그를 호위하고 있던 회색 오크 수십 역시 검녹색의 피를 뿌리며 쓰러졌다.

"이노오옴!"

그에 나르골은 분노성을 토해내고 배틀해머를 미친 듯이 휘두르며 아론을 향해 돌격했다. 아론은 한 손으로 투박한 대검을 휘두르고 또 한 손으로는 자신을 향해 쇄도하고 있는 나르골의 복부를 가격했다.

"크억!"

눈이 튀어나올 듯 부릅뜨며 나르골의 허리가 굽혀졌다. 어찌나 세게 가격했는지 거대한 나르골의 신형이 허공에 뜬 채머무르고 있었다. 아론은 그런 나르골을 툭 밀었다. 그러자 힘없이 밀리며 허공을 부유해 저만치 나가떨어지며 제멋대로 진창에 뒹굴었다.

"감히!"

나르골은 극한의 고통을 참아내며 다시 몸을 일으켜 세우려 했다.

하지만…….

뻐억!

"커허억!"

다시 아론의 발길질에 제대로 대응조차 해보지 못하고 허공으로 붕 떠올라 또다시 습지에 나뒹굴어야만 했다. 제멋대로 나뒹군 나르골은 참을 수 없는 고통에 신음을 흘리며 고개를 들었을 때 인간 놈은 자신의 수하들을 학살하고 있었다.

그의 눈에 보인 광경은 인간 놈이 자신의 수하들을 학살하고 있는 장면이었다.

"크흐윽!"

참담했다.

너무나 참담해 피가 거꾸로 솟을 지경이다. 그때 나르골의 시선과 오크 전사들을 학살하던 아론의 시선이 맞부딪쳤다. 그에 아론은 슬쩍 입꼬리를 말아 올렸다. 그것은 명백한 비웃음이었다.

너 따위의 실력으로는 나를 어쩔 수 없다는 그런 비웃음이었다.

부드드득!

나르골은 그 참을 수 없는 모욕에 이름 모를 잡초를 통째로 잡아 뽑았다. 하지만 그는 어리석지 않았다. 지금 여기서 죽는다면 개죽음이다. 주술사 춤크웨가 살아 있다면 모를까, 그렇지 않다면 후퇴해야만 했다.

결정을 내린 나르골이 외쳤다.

"후퇴~ 후퇴하라아~"

그의 외침이 가시덤불 평야에 울려 퍼졌고, 회색 오크 전사들은 뒤도 돌아보지 않고 사방으로 흩어져 도망갔다. 아론은 그들을 쫓지 않았다. 단지 얀센이 불퉁스러운 얼굴로 아론의 옆으로 날아 내리며 입을 열었다.

"왜 그런 겁니까? 애초에 전멸시키기로 하지 않았습니까?"

"그랬지."

"그런데 왜?"

"더 좋은 방법이 생각나서."

"더 좋은 방법 말입니까? 궁금합니다."

"토끼몰이."

"그……"

말을 흐리며 잠시 생각에 잠긴 얀센. 그러다 슬쩍 아론을 바라보며 입을 물었다.

"한곳으로 모으자는 말입니까?"

"그래."

"그렇게 되면 본대에 연락하지 않겠습니까?"

"아니. 그러지 않을 거다."

"왜 그렇습니까?"

"그들은 오만하기 때문이다. 그들은 아직도 전사의 긍지를 높이 사고 있기 때문이다."

"그렇군요. 절대 본대에 연락하지 않겠군요."

"그렇지."

"그러면 당분간 이곳은 안전하겠군요."

"그런 셈이 되지."

"우리는 힘을 기를 수 있는 시간을 벌겠고, 길버트 형님에게 은연 중 상황을 흘리면서 플람베르 가문을 끌어들일 수 있고 말이지요."

"이미 길버트는 벗어날 수 없다."

"그건 그렇지요. 일단 알려야겠습니다."

"그래."

얀센이 통신을 하는 동안 아론은 멀리 사방으로 흩어져 도망가고 있는 오크들을 바라봤다. 시간을 벌려면 그들의 자존심을 건드릴 수밖에 없었다. 아직 자신들은 전혀 준비가 되어 있지 않았으니까 말이다.

만약 자신의 생각이 맞는다면 이 대륙은 미증유의 거대한 무언가가 일어날 것이다. 전무후무할 정도의 거대한 무언가가 말이다. 생각해 보면 그 미증유의 거대한 무언가는 바로 전쟁인 것은 충분히 알 수 있는 것이었다. 일반적인 인간과 인간의 전쟁이 아닌 인간과 새로운 종족의 전쟁이고, 인간과 새로운 힘과의 전쟁이 될 것이다.

그러기 위해서는 준비를 해야 했다. 그런데 자신은 너무 늦게 그것을 알아차렸고, 그 탓에 가진 힘이 너무 미비했다. 그래서 이렇게 꼼수를 부려서라도 시간을 벌어야만 했다. 아론은 자신의 안일함에 혀를 찰 수밖에 없었다.

자신만이 힘을 가진 것이 아니다. 그리고 일곱 개의 힘은 서로를 본능적으로 끌어들이고 흡수하려 한다. 만약 자신이 백두산의 지식을 흡수하지 못했다면 아직도 아무것도 모르고 있을 가능성이 농후했다.

'어쨌든 알았으니 지금부터 시작이다. 시작이 반이라 했으니.'

그렇게 생각을 정리했을 때 얀센이 그의 옆으로 다가왔다.

"모두 전달했습니다."

"그래, 그럼 사냥을 시작하자."

"좋지요."

아론의 말에 슬쩍 입꼬리를 말아 올리며 답하는 얀센이다.

*   *   *

"후욱! 후욱!"

거친 숨을 내쉬는 나르골. 그의 주변에는 아직도 기백이 넘치는 오크 전사들이 있었다. 하지만 그들의 모습은 실로 난감하기 그지없었다. 그들을 보며 분노를 감추지 못하던 나르골이 숨을 가다듬고 물었다.

"살아 있는 주술사가 있는가?"

"없… 습니다."

"으음."

나직하게 신음을 흘릴 수밖에 없었다. 오크 주술사라고 해도 기본이 오크이기에 상당한 체력을 가지고 있다. 또한 여러 오크로부터 보호를 받고 있었다. 낙오되었을 리는 없으니 모두 습지에서 죽었다는 결론이 나온다.

"도대체 그놈들은……."

생각할수록 이해할 수 없었다. 어떻게 단 두 놈에게 자신의 자랑스러운 천인대가 절단이 날 수 있단 말인가. 솔직히 말해서 아직도 믿을 수 없었다.

"쿤타, 쿤타 어디 있나?"

"부르셨습니까?"

그때 한쪽 팔이 잘린 채 임시적으로 피를 멎게 하는 약초를 짓이겨 덕지덕지 바른 쿤타가 그에게로 다가왔다.

"당했는가?"

"죄… 송합니다."

고개를 푹 숙이는 쿤타. 평소 저급하게 여기던 인간 놈에게 팔 하나를 잃고도 숨이 붙어 있으니 회색 오크 일족의 긍지를 버린 것과 같았다. 그에 쿤타는 감히 고개를 들 수 없었다.

"아니다. 고개 숙일 필요 없다. 그놈들은 악마였으니까."

나르골의 말에 고개를 슬며시 드는 쿤타. 그리고 그도 볼수 있었다. 나르골이 애지중지하던 늑대 견갑이 박살이 나서 제대로 된 형체조차 없다는 것을 말이다. 자신은 팔을 헌납했고, 자신은 상대조차 되지 않은 나르골 천인장은 그의 자긍심을 잃어버렸다.

그들은 어차피 패배자일 수밖에 없었다.

"그렇습니다. 놈들은 악마였습니다. 어찌 인간이……."

"빠르게 북상해서 골가스 제1 군장님과 합류해야 한다."

"알겠습니다."

휴식이 끝나고 그들은 빠르게 움직여 나갔다. 평소였다면 이곳저곳 지형과 지세를 살폈겠지만 지금은 그럴 여유가 없었다. 최대한 빨리 본대와 합류하는 것이 중요했다.

그 연유는 바로 자신의 천인대에 배속된 11명의 주술사가 모두 죽었기 때문이다. 그러하기에 자신들에 대한 소식을 전할 방법이 없었다. 그렇다는 것은 적이 이미 자신들 조직의 대부분을 파악했다고 가정하는 것이 옳았다.

그리고 자신들의 진실한 목적 역시 이미 알고 있다고 해도 과언이 아니라고 할 수 있다. 하지만 그 부차적인 목적은 대부분 달성했으니 그리 나쁜 상황은 아니었다. 물론 악센 지역을 모두 발아래 둔 것은 아니지만 어쨌든 부차적인 목적은 어느 정도 달성했으니 그리 큰 문제는 없으리라고 판단했다.

"젠장! 자랑스러운 회색 오크 전사가 이렇게 꽁무니 빠지게 도망가야 하다니."

"작전상 후퇴겠지."

"입은 삐뚤어졌어도 말은 바로 하랬다고, 이게 작전상 후퇴라고 볼 수 있나?"

"천인장이나 백인장 모두가 그렇게 말하니 그렇게 생각해야겠지."

"난 비겁한 회색 오크 일족이 아니란 말이다."

"여기 있는 모든 이가 너와 같은 생각이다."

"그런데 왜?"

"멍청한! 아직도 모르겠냐?"

"뭘 말인가?"

"그들은 우리의 상대가 아니라는 것을 말이다."

"그건……."

그 말에 불만을 토로하던 회색 오크는 잠시 멈칫했고, 이내 전신을 부르르 떨었다. 단지 두 명이었다. 그런데도 불구하고 절반에 가까운 오크 전사들이 저항도 제대로 해보지 못하고 죽어 나자빠졌다.

지금까지 단 한 번도 실패를 맛보지 못한, 아니, 자신보다 강한 존재를 보지 못한 회색 오크 전사들은 그 믿을 수 없는 광경에 전신이 얼어붙을 수밖에 없었다. 당시는 그렇게 무섭던 것이 며칠 동안 계속된 후퇴 속에서 이성이 돌아오자 부끄럽기 짝이 없었다.

자랑스러운 회색 오크 일족의 전사가 인간이 두려워 꽁지 빠진 닭처럼 정신없이 도망가고 있다는 생각에서 말이다. 하지만 지금 자신의 곁에 있는 오크 전사는 그 당시의 공포를 되살려 주고 있었다.

"정신 차려라. 우리는 모든 오크의 염원을 짊어지고 있다. 단순이 죽어서는 절대 안 된다는 말이다."

"그렇지만……."

"전사의 복수는 10년이 지나도 결코 사그라지지 않는다."

"미안하다."

불평을 하던 회색 오크 전사는 민망하게 사과의 말을 했다.

"알았으면 되었다."

그렇게 말하면서 걸음을 옮기는 두 오크 전사. 하지만 그들은 모르고 있었다. 숲 속에서 트롤이나 오거조차도 자신들의 상대가 되지 않는다고 자랑하는 회색 오크 전사들을 포식자의 눈으로 지켜보고 있는 자가 있다는 것을 말이다.

그는 다름 아닌 아론이었다.

아론은 그들이 편안하게 본대와 합류하게 할 생각이 없었다.

'최대한 잔인하게, 그리고 최대한 공포스럽게.'

전투에 있어서 잔인함과 공포는 또 다른 전력이다. 그리고 전염성이 아주 강하다. 전투는 죽이지 않으면 죽는 것이다. 아무리 대단한 회색 오크 전사라 할지라도 기본적인 감정을 가지고 있다.

그 감정 속에 잔인함과 공포가 없을 리 없다. 두 회색 오크 전사를 노려보던 아론의 신형이 사라졌다.

그리고.

스가각!

미세한 소음이 들려왔다. 하지만 그 누구도 그 소음을 듣지 못 했다. 지금 그들은 최대한 빨리 본대와 합류하기 위해 미친 듯이 달려가고 있었기 때문이다. 그들은 자신들의 기척을 숨기려 하지 않았다.

기척을 숨기지 않아도 자신들을 향해 이빨을 들이밀 몬스터는 존재하지 않는다는 것을 알고 있기 때문이다. 그 탓에 그들은 심신이 상당히 지쳐 있었다. 바로 옆이나 뒤의 전사들을 챙길 수도 없을 정도이다.

한마디로 주의가 분산되어 있었고, 그 덕분에 아론은 그 어떤 방해도 없이 두 오크 전사의 목을 벨 수 있었다.

투둑!

"헉!"

순간 그들의 뒤를 따르던 회색 오크 전사들은 갑작스럽게 목이 잘려 피분수를 뿜어내며 쓰러져 가는 동료 전사를 보며 기겁했다. 하지만 이내 정신을 차리고 외쳤다.

"기, 기습이다!"

"전투, 전투 대형으로!"

"천인장을 중심으로 대형을 구축하라!"

기습이라는 말에 회색 오크 전사의 백인장들은 빠르게 명령을 내렸고, 순식간에 5백이 조금 넘는 오크 전사들이 천인장을 중심에 두고 모여들어 방진을 형성했다. 그들은 각각 긴장한 채 사방을 경계했다.

하지만 기습을 한 자들은 그 어떤 움직임도 보이지 않았다. 정적이 감돌았다. 사방에서 다시 풀벌레가 울기 시작했다. 그제야 회색 오크들은 긴장을 풀었다.

"당한 인원은?"

"1백인대 다섯 명입니다."

"그 외에는?"

"파악해 보겠습니다."

곧바로 부관 쿤타가 인원 파악에 나섰다. 그리고 이내 한숨을 내쉬었다. 빠르게 대처했음에도 불구하고 상당한 피해를 입었기 때문이다.

"총 513명 중 21명이 당했습니다."

"크음!"

나르골 천인장의 얼굴이 일그러졌다.

'21명이 당하도록 모르고 있었다니.'

실로 참담했다.

단 두 명의 인간을 당해내지 못하고 전력의 절반이 몰살당했고, 다시 언제 어떻게 당했는지도 모르게 21명의 전사가 죽임을 당했다. 그것은 나르골 천인장만 그런 것이 아니었다. 부관과 다섯 명의 백인장 모두 그렇게 생각하고 있었다.

'아니겠지. 아닐 거다. 아니어야만 한다.'

그들은 애써 현실을 부정했다.

그때 나르골 천인장이 명을 내렸다.

"전사들의 이빨을 수습한다."

"명!"

그의 명에 전사들은 죽은 21명의 전사들 송곳니를 부러뜨렸다.

"네 아들에게 전해주마."

"용감했다고 너의 부모에게 전해주마."

그들은 전사의 송곳니를 수습하며 주먹으로 가슴을 몇 번 두드린 후 죽은 전사들을 애도했다. 오크 전사들만의 독특한 전사에 대한 예우이다. 어쨌든 그들은 빠르게 현장을 수습하고 다시 조금 더 철저히 사방을 경계하면서 이동해 갔다.

그런 그들을 멀찍이서 지켜보고 있는 아론과 얀센.

"생각보다 빨리 수습하는 모양입니다."

"그렇겠지. 기본적으로 오크들은 죽음에 대한 인식이 인간과 다르니까."

"그럼 조금 힘들지 않겠습니까?"

"이제 시작이다. 몇 번 반복하다 보면 그들도 달라지겠지."

"정말 그럴지는 모르겠습니다. 지금 상황으로 봐서는 조금 비관적이기는 합니다."

"믿어라. 언제가 내가 빈말한 적 있더냐?"

"그건 아닙니다만."

"그리고 설마 실패한다 해도 오크의 수를 줄일 수 있으니 나쁘지 않은 선택이지. 만약 저들이 끝까지 저런 반응을 보인다면 합류하기 전에 모두 제거하는 것도 나쁘지 않지."

"그건 그렇습니다만."

"일단 저들을 쫓아야 그들의 본대를 알 수 있으니 꾸준히 수를 줄여주면 되겠지."

"알겠습니다."

$$* \qquad * \qquad *$$

"살려 보내라니… 설마……."

"아마 그 설마가 맞을 겁니다."

"토끼몰이?"

"그렇습니다."

"그러면 조금 서둘러야겠는데."

"그렇기는 합니다만 조금 더 계획을 다듬어야겠습니다."

제라르와 브라이언의 대화이다. 볼케이노 대주와 베이얀 대주 역시 통신을 통해 전해 받았기에 그저 말없이 지켜보고 있을 뿐이다. 그 이유는 이미 이들의 능력을 마음속 깊이 인정하고 있기 때문이다.

"허면 적당히 분탕질을 한 후 물러나면 되겠소?"

"그렇습니다. 하지만 분탕질이 한 번으로 족할 수는 없을 것 같습니다."

"그렇겠군요. 지속적으로 피로를 강요하는 방법이 좋겠소만."

"그렇습니다. 그러하기에 인원을 나눠야 할 필요가 있습니다."

"인원을 나눈다? 위험하지 않겠소?"

"기습입니다. 많은 피해를 강요하는 것이 아닌 피로를 강요하는 이상 첫 번째의 공격을 제외하고는 그다지 힘들 것이 없습니다."

"하지만 전략과 전술을 수립할 정도의 지능이라면 우리의 기습을 예견하고 있을 것 아니겠소?"

"물론 그렇습니다. 그래서 계획을 수정할 필요가 있다는 것입니다."

"매복을 준비하는 것이오?"

"매복이란 적이 예상하지 못한 장소에서 예상하지 못한 방법으로 기습을 하는 것이니 지금까지 우리가 갈고닦은 유격전과 일맥상통한다고 할 수 있습니다."

"유격전을 십분 활용하는 방법인 것이오?"

"그렇습니다. 병력을 나누면 다소의 위험은 있겠으나 그들의 피로를 가중시킬 것이고, 우리는 미리 도착한 후 충분히 피로를 푼 상태이니 저들이 쉽게 우리를 따라올 수는 없을 것입니다."

"그렇기는 한데……."

"우선 가장 주의해야 할 것은 첫 공격에 있어 주술사들을 전멸시키는 것입니다."

"역시……."

고개를 끄덕이는 베이얀 대주와 볼케이노 대주.

"우선 기사들이 그들의 전면을 둥글게 감싸 공격할 겁니다. 그러면 그들은 분명 주술사를 보호하기 위해 주술사를 후방에 두고 전면에 전사를 배치할 겁니다."

"그렇겠지. 그럼 우리는 후방을 공격하는 건가?"

"그러면 너무 단순하지요."

"그러면?"

"기사들 틈에 섞여 진군한 후 손도끼와 화살로 주술사만 요격합니다."

"아하! 확실히 그거 좋은 방법이군."

확실히 난전 속에서는 기사보다 용병들의 움직임이 자유롭다. 게다가 용병들은 한 가지 무기술만 익히는 것이 아닌, 단검이나 활, 혹은 창이나 장검 등 수십 가지의 무기를 다룬다. 그 이유는 언제 어디서든 어떤 무기로도 적을 죽일 수 있어야 하기 때문이다.

그리고 그들 중 활이나 원거리 무기에 특출한 재능을 보인 이들이 많았다. 지금 브라이언은 그들을 활용할 생각을 하고 있는 것이다. 활이나 창으로 적의 주요 인원을 암살한다는 것은 지금까지 그 누구도 생각해 본 적 없는 방법이다.

고작해야 암살자를 고용해 진지에 숨어드는 방법뿐이었다. 그 누가 치열한 전장에서 화살로 적의 주요 지휘관을 요격할 것이라고 생각하겠는가? 그 놀라운 전략에 베이얀 대주와 볼케이노 대주는 입을 떡하니 벌릴 수밖에 없었다.

"헌데 그 정도로 대단한 궁수가 있소?"

"많지는 않지만 꽤 됩니다."

"허어~"

베이얀 대주는 헛웃음을 지었다. 궁수를 이렇게 저격용으로 활용할 줄은 꿈에도 몰랐다.

"그럼 변경된 작전이란……."

"일단 첫 번째 기습 이후 주술사를 제거하면 곧바로 후퇴합니다."

"신호는?"

"저절로 알게 될 것입니다."

"그렇다면 그런 것이겠지. 그렇다면 합류 지점은?"

"이곳입니다."

언제 준비했는지 상세한 지도까지 척척 내어놓는 브라이언이다. 너무 자연스러운 브라이언의 행동에 베이얀 대주와 볼케이노 대주는 혹시 이 상황이 계획된 훈련 상황이 아닌가 하는 오해를 잠시간 했다.

"뭘 그리 놀라슈. 작전참모쯤 되면 이 정도는 기본 아니유?"

"하지만 이곳은……."

"전장이 꼭 플랑드르가 될 필요는 없지 않수? 악센이 될 수도 있고 오르도가 될 수도 있지 않겠수?"

"그야 그렇지만 그러한 지도를 가지고 다닌다는 것이 현실적으로는 불가능하지 않소?"

"불가능을 가능케 하는 것이 바로 우리 임페리움 용병대유."

자랑스럽다는 듯이 어깨를 으쓱해 보이는 제라르. 그 모습이 지금 이 상황과는 전혀 어울리지 않아 베이얀 대주와 볼케이노 대주는 절로 웃음을 지을 수밖에 없었다. 그러다 문득 그들은 고개를 끄덕였다.

자신들은 한 무리를 이끌고 있는 우두머리이다. 그런데 그러한 자신들이 너무 여유 없이 행동했다. 자신들이 여유 없이 행동함에 자신들을 따르는 수하들은 어떠할 것인가? 더욱더 긴장할 것이 아닌가?

'그렇군. 우리가 너무 긴장했군.'

그들은 동시에 적당한 긴장과 함께 여유롭게 자신들을 바라보며 이제 알았냐는 듯이 씨익 웃는 제라르를 바라봤다.

'역시 전쟁터에서 오랫동안 살아남은 경험은 무시하지 못한 것인가?'

'나는 참으로 복 받은 자다. 비록 용병이지만 많은 것을 배울 만한 자가 아닌가?'

비단 제라르뿐만이 아니었다. 임페리움 용병대를 이끌고 있는 아론을 비롯해서 단 한 명도 허투루 넘겨 볼 사람이 없었다. 용병이라는 것과 기사라는 것을 걷어내자 그들은 진실을 볼 수 있었고, 진실을 봄에 따라 그들의 학습 속도는 경이로울 정도로 빨라졌다.

"고맙구려."

"전우 아니우."

그래, 맞다.

"그래, 우리는 전우지."

용병이기 전에, 기사이기 전에 이들은 사람이고 전우였다.

짜악!

그때 브라이언이 주위를 환기시키기 위해 손뼉을 치고 외쳤다.

"자, 이제 시작해 봅시다!"

"그러지요."

그들은 다시 대화 속으로 빠져들었고, 계획이 어느 정도 다듬어지자 곧바로 이동하기 시작했다. 그들은 신속하게 움직이면서도 소리가 없었다. 이것은 불과 보름이지만 서로를 이기기 위해 부단히 노력한 대가라고 할 수 있었다.

물론 기사들은 후발 주자이지만 그들은 각종 정통 훈련으로 단련된 이들이다. 애초에 기본에서부터 하나씩 가르쳐야 하는 용병들과는 달리 그들이 훈련을 통해 전략 전술을 흡수하는 속도는 가히 상상을 초월했다.

그리고 그 상상을 초월하는 훈련이 지금 여기에서 빛을 발하고 있는 것이다. 그들은 빠르게 이동한 결과 3~4일이 걸려야 도착할 수 있는 거리를 불과 하루 반나절 만에 도착했다. 그것도 야습하기 딱 좋은 밤에 말이다.

　"흐음, 조금 어렵지 않겠소?"

　"달도 밝은데 어렵기는. 안 어렵지?"

　퉁명스럽게 볼케이노 대주의 말을 받은 제라르는 자신의 옆에 활을 메고 있는 용병을 보며 물었다.

　"걱정 꽉 붙들어 매쇼."

　"라고 하는데 말이우."

　착착 맞아 들어가는 둘의 대화에 볼케이노 대주와 베이얀 대주는 피식 웃었다. 그들에게서는 적당한 긴장감만 있을 뿐 작전 실패에 대한 부담감은 전혀 찾아볼 수 없었기 때문이다.

　"자네가 그렇다면 그런 거겠지."

　베이얀 대주와 볼케이노 대주는 이제 완전히 용병들을 인정하고 있었다.

　"그럼 일단 위치로 가주슈. 시기는 그냥 보면 알게 될 거유."

　"알겠네."

　말을 마친 둘은 각기 기사를 대동하고 브라이언이 지정한 위치로 움직이기 시작했다. 어둠 속으로 사라지는 그들을 본 제라르가 툭 한마디 내뱉었다.

"어째 움직임이 기사가 아닌 레인저 부대 같은 느낌이 들지?"

"레인저 부대는 무슨, 그놈들은 산에서 나고 자란 놈이지만 우리는 아니잖습니까."

기네딘이 툭 한마디 내뱉었다. 제라르는 슬쩍 기네딘을 바라보며 고개를 끄덕였다.

"하긴 그렇지. 어쨌든 애들은 다 배치했고?"

"이제 물어보시는 겁니까?"

"거참, 떽떽거리기는. 니가 내 마누라냐?"

"뭘 그리 재수 없는 말을."

"듣기 싫으면 떽떽거리지 말고 대답이나 해라."

"끄응. 다 했습니다."

"좋아, 그럼 카스트로하고 막시무스 다 불러와."

"막시무스는 괜찮은데 카스트로는 3중대장님이 안 내주실 겁니다."

"하긴 그렇지?"

"어디 방패만 다루는 용병을 보기 쉽습니까?"

"쩝. 그럼 막시무스라도 불러와."

"알겠습니다."

그렇게 기네딘이 자리를 떠나고 제라르는 팔짱을 낀 채 멀리 불을 피워놓고 나름 방진을 짜서 휴식을 취하고 있는 회색 오크 천인대를 바라봤다.

세상은 참으로 알 수 없는 일이 많다. 오크들은 몬스터로 서 분명 야행성이다. 모든 몬스터가 그런 것은 아니고 어쨌든 대부분의 몬스터는 밝은 날보다 어두운 날에 더 활동적으로 변한다. 하지만 저 각성한 회색 오크들은 아니었다.

'인간과 똑같단 말이지.'

그랬다.

그들의 행동 양식이나 전략과 전술을 구사하는 것이 인간 과 전혀 다르지 않았다. 그들은 그토록 혐오하는 인간을 닮아 가고 있었다.

'그래서 좋아. 쉽잖아? 그냥 조금 힘센 인간들 상대하는 것 과 뭐가 달라?'

요는 그랬다.

그래서 제라르는 회색 오크들을 무서워하지 않았다. 조금 특이하게 힘이 좋고 체력이 좋은 것 빼고는 인간과 똑같았으 니까.

그리고 또 하나 결정적인 이유는 바로.

'인간만큼 약질 못해.'

그들은 전사이다.

전략과 전술을 쓰기는 하지만 귀계에 이간질을 잘 하지 못 한다. 물론 그런 놈도 있겠지만 전체적인 관점으로 봤을 때

투박한 질그릇과 같은 느낌이다. 그 느낌이 수수하다면 괜찮지만 그렇지 못하다면 굉장히 기분 나쁜 질그릇이다.

'그리고 너희들은 상대를 잘못 잡았어. 하필 아론 형님이냐.'

그렇다.

회색 오크들의 결정적인 잘못은 바로 아론을 적으로 뒀다는 것이다. 물론 여타 다른 이유도 있겠지만 제라르가 생각하는 관점에서는 그랬다. 그리고 그 아론에 의해서 조련된 용병들과 기사들이 있으니 모든 것은 계획대로 흘러갈 것이다.

부스럭!

"왔냐?"

"예."

"그럼 가자."

"셋이서 말입니까?"

"그럼 뭐가 더 필요한데?"

"원래 계획이 이랬습니까?"

"일단 난장판을 만드는 거지."

제라르의 말에 기네딘과 막시무스가 씨익 웃었다. 난장판을 만드는 것이야 어렵지 않았다. 자신들이 치고 들어가면 곧바로 동료들이 치고 들어올 터이다.

"갑시다."

"오냐."

그러면서 어깨에 대검 두 자루를 턱 올려놓는 제라르였다. 그의 걸어가는 모습은 마치 시정 잡부같이 껄렁껄렁하기 그지 없었다. 그 뒤를 따라가는 기네딘과 막시무스는 설마 진짜 자신들만 가는 것인지 헷갈려 하는 표정을 짓고 있었다.

CHAPTER 7

드러나는 사실

"후욱! 후욱!"

낭패한 기색의 일단의 회색 오크 무리가 거친 호흡을 내뿜으며 정신없이 내달리고 있다. 이따금 자리에 멈춰 서서 주변을 경계하면서 호흡을 가다듬었고, 그 시간도 극히 짧았다. 숲에서는 오거마저도 한 수 접어준다는 회색 오크였다.

그런데 그 회색 오크들이 무언가 쫓기는 듯한 표정으로 다급하게 숲을 가로지르고 있었다. 누군가 본다면 기함을 터뜨릴 일이지만 이 깊은 산중에 이런 꼴을 보려고 들어오는 사냥꾼은 없었다.

"측방으로 알 수 없는 무리가 빠르게 다가오고 있습니다."

"알 수 없는 무리라고?"

"그렇습니다."

"전원 전투 준비!"

나르골은 곧바로 얼마 남지 않은 오크들에게 전투 준비를 지시했다. 그 역시 얼마나 싸웠는지 이가 다 나간 배틀엑스를 꽉 움켜쥐고 조심스럽게 이동해 갔다. 나르골은 불과 10일이면 충분히 주파할 수 있는 가시덤불 지역을 무려 한 달에 걸쳐 벗어나 플랑드르의 타베스 산에 진입했다.

처음 후퇴를 시작했을 때 절반의 인원이 남았다. 하나 타베스 산에 진입하는 지금 현재 남은 인원은 고작해야 50여 명 정도이다. 그래서 그런지 그들의 얼굴은 피곤에 절어 있었고 알 수 없는 공포까지 곁들여져 있었다.

자신들이 조심스럽게 다가가듯이 적들 역시 신중에 신중을 기해 움직이고 있었다. 나르골이 부관인 쿤타에게 신호를 보내자 쿤타는 고개를 끄덕이고는 곧바로 나르골과 갈라져 우회하기 시작했다.

쿤타는 스무 명 남짓한 회색 오크와 함께 조심스럽게 크게 우회해 적의 배후로 이동해 들어갔다. 적들 역시 숲을 너무나도 잘 아는 자들이다. 이쯤 왔으면, 인간이라면 그 모습이 드러나야 한다.

'도대체…….'

하지만 이것으로 인간이 아니라고 보기도 힘들었다. 지난 한 달 동안 자신들을 지독히도 괴롭힌 두 인간을 보면 그들은 오히려 숲을 자신들보다 더 잘 알고 있는 것 같았기 때문이다. 그래서 안심하기는 아직 일렀다.

그렇게 조심스럽게 이동할 때 그들이 가고 있는 바로 앞에서 나뭇잎이 살짝 흔들렸다. 그에 쿤타는 곧바로 손을 들어올려 주먹을 쥐었고, 그를 따르는 회색 오크들 역시 긴장한 채 전면을 바라봤다.

부스럭!

"크르르르!"

그것은 몬스터의 울음소리였다. 그들은 본능적으로 느낄 수 있었다. 그 울음이 바로 자신들과 다르지 않았다. 하지만 안심할 수 없었다. 타베스 산에 사는 다른 오크 일족일 수도 있었다.

"크아아앙!"

커다란 외침과 함께 배틀해머를 움켜쥔 오크가 그들의 앞에 사나운 모습으로 모습을 드러냈다.

"너는……."

"쿤타?"

"허어~"

그들은 서로를 확인한 후 허탈한 표정을 지어 보였다. 그러다 쿤타가 먼저 입을 열었다.

"그 모습은……."

"너 역시……."

"후우~"

서로의 모습을 확인한 둘은 동시에 긴 한숨을 내쉬었다.

"…가지."

"그러지."

그러자 숨어 있던 회색 오크들이 모습을 드러냈고, 엇비슷한 수에 둘은 쓴웃음을 지었다.

"인간 놈에게 당했나?"

"아니다."

"그러면?"

"카툼이다."

"카툼이라고?"

"그가… 아직 살아 있단 말인가?"

"한 명의 녹색 오크와 함께 있더군."

"단 두 명에게 당했단 말인가?"

"과거의 카툼이 아니다."

"과거의 카툼이 아니라니?"

"그는 충분히 대족장의 자리를 홀로 감내할 수 있는 수준에 올랐더군."

"그런……."

잠시 침묵이 흘렀다. 하나 쿤타의 질문에 그 침묵이 깨졌다.

"그렇다 해도 한 개 천인대를 고사시킬 정도의 실력이 가능하단 말인가?"

그의 상식에는 아무리 대족장이라고 해도 과거와는 천양지차로 달라진 한 개 천인대를 감당하기는 어려웠다. 그런데 악센의 가시덤불 남부 지역을 초토화시킬 전력이 겨우 50여 명 정도만 살아남았다는 것 자체가 믿을 수 없었다.

"한데 너희들은……."

"끄응. 인간 두 놈에게 당했다."

"인간 놈에게?"

"그렇다."

"무슨 말도 안 되는……."

차마 말을 잇지 못하는 8천인대의 1백인대장 니카우였다. 지금까지 침묵을 고수하고 있던 그였다. 그는 8천인대를 이끄는 모부투가 쫓기는 와중에 죽고 살아남은 8천인대 중 가장 실력이 뛰어나기에 지금 이 순간 그의 발언은 8천인대를 대표하는 것이라고 해도 과언이 아니었다.

"우리도 처음엔 그렇게 생각했다."

"아무리 그렇다 해도……."

"아마 모르긴 해도 카툼보다 더할 것이다."

"그런 말도 안 되는……."

"우리가 그 약한 인간들에게 당했다고 생각하나?"

"그건 아니지만……."

"일단 가지."

쿤타와 니카우는 회색 오크들과 함께 움직였다. 그리고 그 이전에 둘은 바로 발 빠른 회색 오크를 선발해 각기 충돌 직전에 있는 자신의 천인대로 보냈다.

"머, 멈추시오!"

그에 나르골과 모부투는 동시에 화를 냈다. 적을 앞에 두고 있는데 전령이라는 놈이 소리치면서 몸을 숨길 생각도 없이 달려오고 있으니 말이다.

"네놈!"

"허억! 허억! 멈추십시오."

거친 숨을 내쉬며 연신 멈추라고 외치니 나르골과 모부투는 동시에 이상한 마음이 들었다. 지금까지 살아남은 놈이다. 그 말은 누구보다 강하다는 것을 의미한다. 그런 놈이 전투의 기본을 모를까?

"무슨… 일이냐?"

"상대는 8천인대입니다."

"뭐라?"

"8, 8천인대입니다. 그들도 기습에 당해 겨우 50여 명만 남
았다고 합니다."

"모부투의 부대란 말이냐?"

"그렇습니다."

그에 나르골은 허탈하게 듬성듬성 이가 빠진 배틀엑스를
내려 은신을 풀고 걸음을 옮겼다. 그리고 자신들과 별반 다르
지 않은 행색의 모부투 8천인장을 볼 수 있었다. 둘은 서로의
행색을 보고 한숨을 내쉬며 한동안 상대를 바라보았다.

"어떻게 된 건가?"

"일단 전사들을 쉬게 하지."

"휴식!"

그제야 전사들은 각자 자리에 털썩 주저앉으며 휴식에 들
어갔다. 나르골과 모부투 역시 말없이 한참 동안 앉아 있었
다.

"어떻게 된 건가?"

"인간 놈들에게 당했다."

"놈들?"

"…두 명이었다."

한참 동안 망설이다 겨우 입을 열어 나르골이 대답하자 모
부투는 나직하게 한숨을 내쉬며 고개를 절레절레 젓고 입을

열었다.

"우리는 오크 둘이다."

"그럴 만한……."

"카툼이 살아 있더군."

"허어~"

놀라움의 연속이다. 그래서 둘은 할 말을 잃고 잠시 동안 생각에 잠겼다.

"이상함을 느끼지 않았나?"

"이상함? 이상함이라……."

나르골의 물음에 모부투는 무언가 생각하는 듯한 표정을 지어 보였다.

"그러고 보니……."

"그래, 충분히 우리를 죽일 수 있던 것 같지 않았나?"

"그렇다면 우리가?"

"토끼몰이 당한 것이겠지."

"그렇군."

"카툼이 인간과 손을 잡은 것일까?"

"손은 이미 대족장이 잡았잖은가?"

"그게 무슨……."

"모르고 있는 것인가, 아니면 모르는 척하는 것인가?"

나르골의 물음에 불편한 표정을 지어 보이는 모부투였다.

그도 알고 있었다. 물론 회색 오크 일족의 중심에 선 위치는 아니지만 그렇다 하더라도 자신은 천인장이다. 천 명의 회색 오크 전사를 휘하에 두고 있다.

회색 오크 천인장이면 중 규모의 오크 부락은 가볍게 쓸어버릴 정도의 무력이다. 회색 오크 부족 중에서도 딱 중간에 위치한 자리가 바로 천인장이다. 아래의 의견과 위쪽의 의견을 조율하는 위치.

그러하기에 중심부에 위치하지는 않았지만 많은 정보를 접할 수 있다. 지금 나르골이 한 말을 모르려야 모를 수 없었다.

"우리 서로 솔직해지는 것이 어떤가?"

"솔직 말인가?"

"그래."

"나는 회색 오크 일족의 전사다."

"그런가?"

"너는 어떤가?"

"나 또한 회색 오크 일족의 전사다. 그래서 회색의 숲을 사랑한다."

"나 또한 그렇다."

"하지만 회색의 숲은 변해 버렸다."

"종족이 강해지는 길이다."

"그래서? 뭐가 달라졌지?"

"그건······."

"고작해야 인간과 손을 잡고 인간들의 체제를 들여오고 있다. 거기에 전사들의 명예로운 대결인 막고라마저 막혀 버렸다. 고향은 죽어가고 있고 막고라는 막혔다. 우리는 무엇이 되는가?"

"대족장에게 반하겠다는 것이냐?"

"대족장이 원하는 것이 대체 무엇이란 말이냐?"

"그건······."

나르골의 말에 모부투는 딱히 할 말이 없었다. 언젠가부터 회색 오크 일족은 변해가기 시작했다. 전대 대족장 후보이던 카툼을 모함으로 밀어낸 드렉타스가 대족장의 자리에 앉았고, 회색 오크 일족의 영광을 위해 타 종족을 복속해야 한다고 했다.

하지만 복속만으로 끝나지 않았다. 회색 오크 일족, 아니, 모든 오크 일족의 힘을 더욱더 강화하기 위해 타 종족들을 제물로 삼아야 했다. 그 선두에는 드렉타스의 오른팔이라 할 수 있는 대주술사 골쿤이 있었다.

골쿤은 타 종족의 피와 영혼을 착취해 회색 오크 일족과 규합해 힘을 보태고 있는 오크 일족들의 힘을 강화하는 데 사용했다. 그 대표적인 예가 바로 자신들을 이끌고 온 골가스 제1 군장이다.

생전에도 골가스는 난폭하기 이를 데 없는 자였다. 하나 그는 드렉타스에게 자신의 충성심을 보이기 위해 대주술사 골쿤에게 어둠의 힘을 전해 받았다. 그리고 그는 인간들이 말하는, 스스로 키메라 오크가 되었다.

"어쩌면 우리도 그렇게 될 수 있지 않을까?"

"골가스는 스스로 원해서 그렇게 되었다."

"그래, 그랬지. 하지만 너도 알 것이다."

"뭘 말인가?"

"골가스의 친위대라 일컬어지는 1천인대의 천인장 온구엔을 말이다."

"안다."

"그는 과거 십인장이었다."

"그것을 어떻게 알고 있나?"

"내 휘하였으니까."

"그런데 어떻게?"

"타 종족을 복속시키기 위해 전투에 나섰을 때 그는 전투 중 실종되었다. 그런데 어느 순간 골가스의 친위대인 1천인장에 올라 있더군."

"그것은……."

"그리고 나를 전혀 알아보지 못하더군."

"……."

나르골의 말에 답을 할 수 없는 모부투였다. 나르골은 그럴 줄 알았다는 듯이 다시 입을 열었다.

"내 생각이지만 아마도 골가스 제1 군장에게는 이 주변의 종족을 복속시키는 것 외에 더 중요한 임무가 주어졌을 거다."

"더 중요한 임무?"

"이미 짐작하고 있지 않나?"

"그건……."

"말을 못하겠는가? 그럼 내가 대신 하지. 바로 카툼을 죽이기 위해서이다. 왜일까?"

"뭐가 말인가?"

"왜 드렉타스는 카툼을 그렇게 경계하는 것일까? 그의 세력은 단 한 명도 없는데 말이지. 그리고 그는 이제 그저 떠돌이일 뿐이다."

"그것은 카툼에게 드렉타스가 무서워하는 무언가가 있다는 말인가?"

모부투는 나르골에게 답을 구했다. 하나 나르골은 멍하니 검은 하늘을 바라보고 있을 뿐이다.

"내가 말해도 되겠나?"

그때 묵직한 목소리가 들려왔다. 그에 회색 오크 일족은 재빠르게 일어나 사방을 경계했다. 그 목소리는 하늘에서 흘러나오고 있었다.

"내가 말해주지. 드렉타스와 골쿤은 인간들의 영역에 있는 바벨의 탑을 구성하는 현자의 탑주 중 하나와 밀약을 했다. 내가 그것을 알고 있고 말이지."

바로 카툼이었다.

그는 허공에 둥둥 떠 있었다. 그 모습에 회색 오크들은 입을 떡 벌린 채 제대로 말을 하지 못했다.

"저, 저……."

"카… 툼!"

"그래, 나다."

그 말과 함께 네 방향에서 발걸음 소리가 들려왔다.

저벅! 저벅! 저벅!

그들은 시선을 돌려 발자국 소리가 들려오는 쪽을 바라봤고, 나르골과 모부투를 따르는 회색 오크들은 자신도 모르게 뒷걸음질 치며 마른침을 삼켰다. 그들은 알고 있었다.

지난 한 달 동안 자신들을 지독하게도 괴롭히던 자들이라는 것을. 겨우 세 명이지만 그들은 1백에 이르는 자신들을 포위하고 있었다. 아니, 그렇게 느껴졌다. 한 달 동안 지금의 네 사람은 자신의 뇌리에 아주 깊숙하게 각인되어 있었다.

자신들이 상대할 수 없는 존재였다.

"네놈들은……."

"네놈은……."

나르골과 모부투 둘 모두 신음을 토해냈다. 하지만 그들은 싸울 생각이 없는지 팔짱을 낀 채 아름드리나무에 기대서 있을 뿐이다. 그때 허공에 떠 있던 카툼이 서서히 하강해 나르골과 모부투 앞에 섰다.

그제야 아론과 얀센, 그리고 블랙해머에게서 시선을 뗀 나르골과 모부투의 시선이 카툼에게로 향했다.

"그게… 무슨 말이냐?"

카툼의 압도적인 존재감으로 인해 함부로 말을 하지 못하고 뒷말을 흐리는 나르골이다.

"나는 마탑의 마법사에게 드렉타스와 골쿤이 당하는 것을 보았다. 그리고 치욕스럽게도 그들은 그 인간 마법사에게 노예의 인을 받아들이고 무릎을 꿇었다."

"그런……."

"노예의 인을 받아들인 이후 마법사가 몇 가지 지시를 내리고 사라졌을 때 나는 그들에게 내 존재를 들키고 말았지. 너무나 놀란 나머지 제대로 숨지 못한 결과였지."

"그렇다면……."

"그렇다. 그들은 자신들의 치부를 가리고 싶어한다. 처음에 그들은 나를 회유하려 했다. 하지만 그들이 가는 길과 내가 가는 길은 달랐지."

"그래서 결국……."

"결론적으로 나의 아버지를 죽이고 아버지를 따르는 모든 족장과 전사들을 일소한 후 나를 쫓아냈지. 하지만 그들은 안심할 수 없었을 것이다. 내가 다른 오크 종족을 복속시키고 그 사실을 종족들에게 알릴까 두려웠을 게다."

"단지 그것뿐인가?"

"아니, 아니지. 너희들은 갑자기 강해진 오크들을 봤을 것이다."

"물론."

"그들은 골쿤이 펼친 어둠의 힘에 의해 강력한 힘을 가지게 되었지. 하지만 결론적으로 그들은 그 마탑의 마법사에게 종속될 것이다. 그렇다면 그 마탑의 마법사는 왜 우리에게 악마의 마법을 알려줬을까?"

"그건……."

"우리를 이용해 무언가를 획책하려는 것이겠지."

"획책이라면……."

"전쟁!"

"……!"

카툼의 말에 눈이 커지고 얼굴을 우그러뜨리는 오크들. 맞다. 바로 카툼을 몰아낸 이후 그들은 복속 전쟁을 시작했다. 수없이 많은 종족을 복속시켰고, 그 많은 종족들을 자신들의 힘을 강화시키는 데 사용했다.

회색 오크들은 점점 더 포악해졌고, 오크 종족 이외에는 아무도 자신의 머리 위에 있을 수 없다는 의식에 젖어들었다. 그리고 회색 오크들은 서서히 죽음의 땅이 되어가고 있는 회색 숲을 버릴 수밖에 없었다.

말 그대로 회색 숲은 아무것도 살 수 없는 숲이 되었다. 나무들은 고사해 삐쩍 말라갔고, 몬스터와 동물들은 기이하게 변해가며, 그야말로 죽음의 땅이 되어가고 있었다. 그에 회색 오크들은 점점 다른 곳으로 이동해 갔고, 이동해 간 장소마저 죽음의 땅으로 만들어갔다.

"할 말 있나?"

"…우리에게 원하는 것이 뭔가?"

"막고라의 부활."

"막고라……."

막고라는 전사들의 명예로운 대결.

회색 오크 부족의 전통이다. 그 전통이 고루하고 새로운 시대를 맞이해야 하기에 막고라는 사라져 버렸다. 전통의 부활은 바로 회색 오크 일족의 부활을 의미하는 것이다.

"우리도 그 꿈에 함께할 수 있소?"

"나르골!"

나르골의 말에 모부투가 놀라 그의 이름을 불렀다.

"나는 이 미친 짓에 동조할 수 없다."

"그게 무슨 말이냐?"

"오크는 투사다. 오크는 전사다. 그리고 막고라는 우리 회색 오크 일족의 정신이다. 그 모든 것을 버리면 도대체 우리에게 남는 것이 무엇이냐? 남들보다 우월하다 했다. 그런데 도대체 우월한 것이 무엇이냐? 인간의 조직, 인간의 생각을 그대로 따라 하고 있지 않은가?"

"그건⋯⋯."

"그리고 결정적으로 우리는 누구의 노예가 아니다."

그렇게 말하면서 나르골은 무릎을 꿇고 오른 주먹을 왼쪽 가슴에 대며 머리를 숙여 외쳤다.

"당신의 꿈, 나도 동참할 수 있겠소?!"

"전사의 명예를 아는 자는 나의 꿈에 동참할 수 있다."

그에 나르골을 따르는 오크 전사들이 나르골과 똑같은 행동을 취해 보였다. 모부투를 따르는 오크 전사 중 몇몇도 역시 그런 동작을 해 보였다. 카툼은 모부투를 바라봤다.

"나는⋯⋯."

무언가 말을 하려다 말고 모부투는 주변을 둘러봤다. 피곤에 절어 있고 제대로 먹지도 자지도 못한 전사들과 시선이 부딪쳤다. 하지만 그들의 눈은 타오르고 있었다. 그에 모부투 역시 나르골과 같은 행동을 반복했다.

"웃는 해골 일족의 모부투 역시 대족장의 꿈에 동참하고자 하오."

"일어나라. 미약한 시작이겠으나 우리는 결코 굽히지 않을 것이다. 우리의 꿈을 위해서 말이다."

1백의 수하가 생긴 카툼은 슬쩍 아론을 바라봤다. 그동안 그는 이런 말을 아론에게 하지 않았다. 그래서 그의 반응이 신경 쓰인 것이다.

"미안하다."

"뭐가 말인가?"

"미리 말을 하지 못했다."

"기분이 과히 좋지는 않군."

"그럴 것이라 생각한다."

"그래서?"

"우리는 아직 힘이 모자라다."

"말 돌리지 말고."

딱딱하게 말을 받는 아론의 모습에 카툼은 조금은 망설일 수밖에 없었다. 인간들을 믿지 못한 것과는 별개로 어떻게 보면 아론은 자신의 목숨을 살려주고 지금의 상황이 되도록 가장 큰 힘을 써준 인간이다.

그런 인간에게 먼저 양해를 구했어야 했다. 아무리 갑작스러운 일이라고는 하나 아무렇지도 않게 지나갈 수 있는 일은 아니었다. 애초에 어정쩡한 관계를 유지한 것은 자신이었다.

"진심으로 사과한다."

"글쎄. 그것이 진심인지는 모르겠군. 지금까지 지켜본 결과 오크는 그저 종족만 다를 뿐, 인간처럼 크게 신뢰할 수 있는 존재가 아닌 것 같아서 말이지. 인간보다 더 인간 같아서 그것이 더 너희들을 신뢰할 수 없게 한다."

"이해한다."

"이해한다니 그나마 다행이로군."

"무엇을 원하는가?"

"내가 무엇을 원한다고 생각하는가? 그렇다면 실망이군."

그러면서 신형을 돌려 버리는 아론이다. 그에 얀센 역시 그의 곁에 서서 어깨를 나란히 하고 걸음을 옮겼다. 그런 둘의 모습을 멍하게 바라보는 카툼. 그때 카툼의 곁으로 블랙해머가 다가왔다.

"그냥 보내실 겁니까?"

블랙해머의 말에 고개를 돌려 그를 바라보는 카툼. 카툼 역시 썩 기분 좋은 상태는 아니었다. 그런 카툼을 보며 가볍게 혀를 차는 블랙해머였다.

"카툼 님은 아직 정신을 못 차렸군요."

"그게 무슨 말인가?"

"이 인원으로 대체 무엇을 할 수 있습니까?"

"너를 만나기 전 난 혼자였고, 이들을 만나기 전 나와 너 둘

뿐이었다."

"그 기회를 누가 제공했습니까?"

"그건……."

"오크들은 당신을 배신했지만 저 인간은 당신을 배신하지도 않고 오히려 도와주었습니다."

"그건……."

"인간은 믿을 수 없다? 말도 안 되는 소리군요. 지금 상황에서 그보다 더 믿을 수 있는 자가 있습니까? 그보다 더 위안이 되는 전력이 있습니까?"

"없… 다."

"개도 안 물어갈 자존심을 뭐 하러 세우고 계십니까? 자존심이 밥 먹여준답니까?"

"감히!"

그때 블랙해머의 말을 듣고 있던 나르골이 외쳤다. 하나 카툼은 손을 들어 그를 제지했다.

"그래서?"

"전사의 복수는 10년이 지나도 늦지 않다고 했는데 다 개소립니다. 10년 동안 카툼 님이 살아남도록 누가 봐준답니까? 그리고 들으니 골가스라는 자, 실험으로 탄생한 키메라 오크라고 했는데 오러 블레이드도 튕겨낸다는 말이 있더군요."

"보지는 못했지만 그렇다고 하더군."

"거기에 인간 기준으로 소드 마스터이고 말이지요."

"그… 렇지."

"카툼 님의 실력을 인정하지 못하는 것은 아니지만 대족장은 아마 그레이트 마스터거나 그랜드 마스터겠지요. 그리고 그 밑의 군장이나 만인대장 같은 경우는 소드 마스터 이상이고 말입니다. 그들은 수십만이고 우리는 이제 고작 1백 명입니다."

"그래서?"

"이 1백 명조차도 카툼 님 스스로 만들었다고 보십니까?"

"그건… 아니군."

"아론 님이 카툼 님을 살리지 않았다면, 아론 님이 카툼 님을 인간으로 변장시키지 않았다면, 아론 님이 타베스 산에서 훈련을 하지 않았다면 결코 있을 수 없는 일입니다. 그리고 아론 님이 훈련시킨 용병들이 아니었다면 더더욱 있을 수 없는 일이지요."

"……."

말을 하지 못하고 얼굴을 구기는 카툼이다.

"카툼 님은 대족장이 아닙니다. 아무리 종족이 다르다고는 하지만 은혜를 모른다면 그것은 이미 종족이 아닌 몬스터이지 않겠습니까?"

"그렇군. 난 멍청했군."

그 말을 남기고 카툼의 신형이 그 자리에서 사라졌다. 그에 블랙해머를 제외한 나머지 오크들이 해연히 놀라 눈을 퉁방울만 하게 뜨고 사방으로 두리번거렸다. 하지만 카툼을 찾을 수는 없었다.

그러다 문득 자신들과는 다르게 침착하게 하늘을 올려다보고 있는 블랙해머를 보고 모부투가 물었다.

"너는 대체 누구냐?"

"나? 나는 그냥 지나가는 떠돌이 오크지."

"거짓말하지 마라."

"에~ 거짓말은 아니고, 그런 오크였었지."

"그럼 지금은?"

"너희들에게 멸족한 녹색 어금니 부족의 전사장이었다."

"전사장?"

"흠, 회색 오크 일족의 족장 정도 되려나?"

족장이라는 말에 흠칫 놀라는 모부투와 나르골. 오크의 전사 분류로 보자면 차전사급이라는 말이고, 인간의 기준으로 하면 익스퍼트 최상급의 실력자라는 말이다. 자신들은 중전사에 천인대장이었으니 감히 얼굴을 쳐다볼 수 없는 수준이라 할 수 있다.

"크음. 그런데 어떻게 카툼 대족장을 만난 것이오?"

어느새 모부투의 말은 경어로 바뀌어 있었다. 그럴 만도 했다. 지난 한 달 동안 그는 블랙해머의 실력을 충분히 견식하고도 남았다. 그가 얼마나 강한지 너무나도 잘 알고 있었다. 그래서 바로 말투를 바꿀 수 있었던 것이다.

"그것 역시 회색 오크 일족 덕분이지. 오랜 방황 끝에 정착한 녹색 어금니 일족을 모두 멸족시켜 버렸으니까."

"그, 그런……."

그 말을 하면서 블랙해머의 얼굴이 싸늘해졌다. 그에 모부투와 나르골은 감히 얼굴을 들지 못했다. 어찌 보면 녹색 오크나 회색 오크 모두 같은 오크 일족이 아닌가? 그런데 단지 피부색이 다르다고, 아니면 오크족을 이끌어갈 유일한 일족은 회색 오크 일족이라는 말도 안 되는 자만심에 빠져 따르지 않으면 곧바로 죽음이나 멸족이라는 철퇴를 내리고 있었다.

그들이 회의감을 느끼고 있는 것이 바로 그것이었다. 너무 강경 일변도였다. 모든 오크를 통일하기 위해서는 강경 일변도가 아닌 적당한 밀고 당기기가 필요했다. 줄 것은 주고, 받을 것은 받으면서 겉으로만 승복하는 것이 아닌 마음으로 승복시켜야 했다.

그래야 오크의 통일이 오래도록 지속될 것이기 때문이다. 하지만 드렉타스는 그 선후가 바뀌었다. 먼저 굴복시키고 정복전쟁을 일으킨다. 그들의 불만을 자신들을 억누르던 인간 종족을 미끼삼아 풀어버리려는 것이다.

처음에는 뭐가 뭔지 몰라 그대로 따랐다. 하지만 부족들을 규합하고, 복속시키고, 혹은 멸족시키면서 머릿속에서 떠나지 않는 한 가지 생각이 있었다.

'이게 아닌데…….'

'이들 또한 같은 종족이거늘…….'

그러한 생각이 차곡차곡 쌓이다 보니 결국 항거할 수 없는 상황에 다다랐을 때 폭발하고 말았다. 바로 지금처럼 대족장을 배신하고 카툼에게 목숨을 맡기는 상황이 되고 만 것이다. 물론 전체적으로 봤을 때 나르골과 모부투가 카툼의 휘하에 든 것은 극히 일부분일 뿐이다.

인원도 겨우 1백 명 정도밖에 되지 않았다. 하지만 나르골과 모부투와 같은 생각을 가진 이가 과연 이 둘만 있을까 생각한다면 '아니오', 혹은 '글쎄'라는 말이 흘러나올 수밖에 없을 것이다.

겉으로는 철저하게 대족장인 드렉타스를 따르나 마음속 깊이 승복한 것이 아닌, 그의 힘과 폭력에 잠시 몸을 낮추고 있는 것에 불과했다. 실제 드렉타스가 대족장에 오르고 모든 회색 오크 일족이 그에게 고개를 숙인 것은 아니었다.

오크들은 문명과 글이 없기에 그들의 지식이라는 것은 철저하게 경험에 의해서 선대에서 후대로 구두로 전해질 수밖에 없었다. 그래서 오크들은 선대 전사들을 존경하지 않을 수 없었다. 아무리 명예로운 전사의 대결 막고라가 구시대의 유물이라 하여 사라졌다고는 하지만 선대 전사들까지 사라진 것은 아니었다.

다만 아직 시기가 아님에 몸을 숨기고 있을 뿐이었다. 그들을 찾아 나선다면 카툼도 승산이 있을 수 있었다. 하지만 그것 역시 여의치 않을 수 있다. 이유는 집도 절도 아무것도 없는 그에게 희망을 걸 선대 전사들이 과연 얼마나 되느냐이다.

"죄… 송하오."

모부투의 이도저도 아닌 어색한 사과에 블랙해머는 피식 웃어버렸다.

"뭐 그래도 당신들은 그나마 제대로 사고가 박힌 것 같군."

"그동안 많은 생각을 했소."

"그렇겠지. 생각할 수 있는데 생각하지 않는다면 그 또한 죄악이니까."

"결국은 드렉타스가 하는 방향으로 가서는 모두가 공멸하는 것밖에 없다는 것을 깨달았소."

"세상에 하나의 종족만 존재하는 것은 아니야. 인간도 있고, 엘프도 있고, 드워프도 있고, 노움도 있으며, 다크 엘프도 있지. 그리고 마지막으로 미몽에서 깨어난 우리 오크도 있다. 지금 오크는 파멸을 향해 가고 있어."

블랙해머는 단언하듯이 말하고 있었다. 그의 혜안은 참으

로 대단한 것이어서 마치 앞날을 예언하는 현자와 같은 모습
다. 투박한 둠해머와는 참으로 어울리지 않는 그의 모습이었
다.

"왜, 내 모습이 어울리지 않나?"

"그, 그렇지는 않소."

변명을 하는 둘을 보고 블랙해머는 피식 웃으며 입을 열었
다.

"오래전에 나는 떠돌이였지. 많은 곳을 돌아다녔고 많은 종
족을 만났다. 그중엔 엘프도 드워프도 있었지. 하지만 날 이
렇게 만든 것은 페어리족을 만났을 때다."

"페어리족이라면……."

"요정족이라고 하지. 저 멀리 대륙의 지붕이라 일컬어지는
신비한 엘하임 고원에서 사는 종족이지. 그 종족을 만나서
나는 지혜를 얻을 수 있었다. 너희들이 인간 마법사에 의해
강제적으로 각성한 것과는 조금 다르지."

"그런……."

"어쨌든 각설하고, 우리는 아론 님을 반드시 따라야 한다."

"오크로서 인간을 따르기에는……."

"갈! 아직도 모르겠는가? 그는 오크와 인간을 한데 묶고, 인
간과 유사 종족을 묶을 수 있는 유일한 존재라는 것을 말이
다."

"그, 그건…"

"쯧쯧, 멀었군. 아직도 멀었어."

블랙해머는 나직하게 혀를 차며 멀리 아론이 사라진 곳을 바라봤다.

'지금쯤이면 만났으려나?'

그가 그리 생각하고 있을 때 과연 아론은 카툼을 만나고 있었다.

"무슨 일인가?"

"할 말이 있다."

"할 말은 아까 전에 끝난 것이 아니었나?"

"내가 어리석었다."

카툼의 말에 아론은 무심하게 그의 얼굴을 바라봤다.

"나는 인간을 믿지 못했다."

"나도 오크를 믿지 못한다."

"하지만 오크 전사는 은혜를 원수로 갚지는 않는다."

"그건 인간도 마찬가지다. 오크만은 아니지."

"어쨌든 아까의 무례를 사과한다."

"사과하는 자세가 아니군."

아론의 말에 카툼의 눈썹이 꿈틀거렸다. 그러다 다시 입을 열었다.

"내 부하가 있는 곳에서 나를 꺾어달라."

"…너를 꺾어달라?"

"그렇다."

"아직도 날 이용하겠다는 것인가? 내 진심에 대한 답이 고작 이것이냐? 오크 전사는 은혜를 이따위로 갚는가?"

"그, 그건……."

"넌 아직도 인정하지 못하고 있는 것 아닌가? 나약한 인간 따위에게 자신의 머리를 숙일 용기가 없는 것이 아니냔 말이다."

"맞다. 인정한다."

"그 모습이 변명하는 것보다 훨씬 좋아 보이는구나."

"그런가? 그렇다면 내 자존심을 꺾어다오."

"네게 꺾일 자존심이 아직 남아 있던가?"

"오크 전사로서의 자존심이다."

"아직 덜 맞았군."

마치 뒷골목의 건달처럼 내뱉은 아론의 말에 카툼은 씨익 웃었다. 그 말이 무척이나 마음에 든다는 듯이 말이다.

"다시 한 번 부탁한다. 내 부하 앞에서 나와 막고라를 해다오."

"막고라?"

"전사들의 명예로운 결투지."

"명예롭기는 무슨 얼어 죽을. 어쨌든 맞고 싶다니 소원을 들어주마."

아론은 슬쩍 못 이기는 척하고 그의 막고라를 받아들였다. 기실 오크들의 힘이라도 절실하기는 아론 역시 마찬가지였다. 아론은 카툼의 말 속에서 인간 마법사에 주목했다.

'그는 아마도 흑색 구슬을 가진 자일 확률이 높다.'

바로 그런 이유였다.

그리고 카툼은 인간들의 마탑이라고 했다. 그렇다는 것은 개인이 아닐 것이고, 더군다나 마탑이라면 마법사들의 탑인 바벨의 탑의 일원이라고 할 수 있으니 가히 쉽지 않은 상대라 할 수 있다.

거기에 더하여 자신은 또 다른 원대한 목적이 있지 않은가? 기사들에게는 에퀘스의 성역이, 마법사에게는 바벨의 탑이 있으니 용병에게도 역시 용병들의 대지가 존재해야 하지 않겠는가? 그러기 위해서는 많은 인원과 힘이 필요한데 오크들의 힘이 절대적이다. 물론 오크 외에 다른 이종족도 용병대로 끌어들일 것이고, 가능하다면 우든 마을의 체바로도 끌어들일 것이다. 아니, 반드시 끌어들여야만 한다.

이유는 바로 용병들의 세 은신처 중에서 가장 큰 세력을 형성하고 있다. 만약 그를 끌어들인다면 이종족 용병으로 구성된 쿠테란 용병도 어렵지 않게 끌어들일 수 있을 것이다.

어쨌든 그 두 번째가 바로 오크들을 용병대로 끌어들이는 것인데 카툼이 이렇게 머리를 숙이고 들어온다면 쌍수를 들고 환영할 일이다. 물론 실력이 뒷받침되어야 하겠지만 아론은 자신 있었다. 자신은 세 개의 구슬을 가졌다.

카툼이 앞장서고 아론과 얀센이 뒤에서 그를 따라갔다.

'왜 허락한 겁니까?'

'쓸모가 있으니까.'

'오크들입니다. 믿을 수 있다고 생각하십니까?'

'얀센 너는 어떠냐?'

'…카툼이라면……'

'그런가? 하지만 지나친 자존심은 우리 관계에 저해된다.'

'그것을 바로잡기 위해서입니까?'

'카툼도 그것을 알고 있다.'

'그렇다는 것은… 아!'

메시지로 대화를 주고받는 두 사람이고, 얀센은 무표정했지만 이런 이상한 절차를 밟는 이유를 알 것 같았다.

'카툼은 애초에 형님과 등질 생각이 없었군요?'

'그렇지.'

'그런데 수하로 받아들인 오크들의 자존심을 세워줘야 할 입장이고요.'

'그렇지. 그는 찍어 누르기만 하면 된다는 힘의 논리로는 오크들이 자신을 따르지 않을 것을 알고 있다.'

'역시 난놈은 난놈이군요.'

'아마도 그 와중에 블랙해머의 충고도 들어 있겠지.'

'블랙해머 말입니까?'

'그래.'

'그놈은……'

'오크 중에 현자가 나오지 말란 법은 없다.'

'현자로 보기에는 그 무식한 둠해머가 전혀 어울리지 않아서 말입니다.'

'꼭 마법사만 현자를 하라는 법은 없으니까.'

'그건 그렇지만 머리도 좋고 무력도 좋으면 그거 반칙 아닙니까?'

'나를 두고 한 말이냐?'

아론의 물음에 얀센은 침묵했다. 어둠에 가려 보이지는 않지만 입술을 삐죽이는 것이 절대 인정하지 못하는 모양새다. 그러는 동안 세 사람은 어느새 오크들이 있는 곳에 다다랐다.

"들어라!"

카툼이 수하들에게 외쳤다.

"나는 이 인간 아론에게 생명의 빚을 졌다! 하나 회색 오크 일족의 대족장으로서 그에게 무릎을 꿇을 수 없다. 회색 오크 일족의 대족장으로서 생명의 빚의 무거움을 알지만 오크의 자존심을 무시할 수 없기 때문이다. 그래서!"

말을 끊은 후 오크 전사들을 바라보는 카툼. 모두가 그의 다음 말을 기다렸다.

"나는 인간 아론이 나를 받아들일 수 있는지에 대해 모두가 지켜보는 가운데 시험을 하기로 했다. 이 또한 생명의 은인에게 해서는 아니 될 일이나 대족장으로서는 반드시 해야 할 일. 옹졸한 나와 달리 아론이라는 인간은 나를 이해하고 나의 막고라를 받아들였다."

"막고라……."

전대 대족장이 죽은 이후 사라진 전통. 그 전통이 다시 살아나고 있었다.

"만약 막고라에서 내가 패배한다면 너희들은 나의 결정에 따르겠느냐?"

"따르겠습니다."

지체 없이 답이 흘러나왔다. 그에 카툼은 등 뒤에 언제나 꽂고 다니던 서리 늑대 부족의 상징과 같은 깃발을 바닥에 꽂고 모든 무장을 해체하기 시작했다.

"막고라는!"

그는 견갑을 해체하며 말했다.

"전사들의 명예로운 대결로서!"

몬스터의 이빨로 만들어진 투구가 벗겨졌다.

"오로지 육체로만!"

오거의 가죽으로 무두질된 각반이 떨어져 나왔다.

"상대와 대결하는 것이다!"

툭!

그 순간 무기와 방어구가 모두 바닥에 떨어져 내렸다. 그에 아론 역시 팔짱을 풀고 서서히 알몸이 되어가기 시작했다.

'새끼, 더럽게 분위기 잡네.'

'어쩌겠습니까? 이래야 효과가 더 좋지 않겠습니까?'

'하긴, 이렇게 해놓고 지면 빼도 박도 못하니까. 생각보다 영리하다니까.'

'대족장이 어디 쉽겠습니까?'

'역시 그렇지?'

겉의 근엄한 모습과는 다르게 얀센과 주고받는 말은 참으로 재미있었다. 어쨌든 모든 준비를 마친 아론이 중요 부위만 가린 채 카툼 앞에 섰다. 카툼은 아론의 벌거벗은 몸을 보고 살짝 놀랐다.

매끈해 보이지만 그 매끈함 속에 꿈틀대는 수없이 많은 상처 때문이다. 인간이라면 절대 상상조차 할 수 없을 만큼의 고련을 했다는 증거이다. 오크들에게 상처는 곧 영광이었다.

둘은 상대를 바라보며 자세를 잡기 시작했다. 아론은 몸을 비스듬히 틀고 양손을 말아 쥔 채 가슴 부위에 하나, 그리고 복부 부위에 하나를 두고 살짝살짝 뛰며 호흡을 가다듬었다.

그에 카툼이 눈살을 찌푸렸다.

저런 모습을 처음 보기 때문이다.

'니가 알 리가 있냐. 이게 바로 태권돈데 말이다. 이게 참 재밌는 게 백두산이 말하길 스포츠라고 했는데 그걸 살짝만 바꾸면 바로 실전 무술이 된단 말이지. 오늘 내가 너에게 한 수 아주 진하게 알려주마.'

아론의 생각이다.

그런 아론의 생각을 알 리 없는 카툼은 러시아의 삼보처럼 허리와 다리를 적당히 굽힌 채 아론이 보일 틈을 노리고 있었다. 그렇게 둘은 슬슬 원을 그렸다. 그러다 아론이 갑작스럽게 움직였다.

타닥!

"큭!"

뭐가 어떻게 된 건지도 모르겠다. 너무 빨라 보지도 못했다. 그런데 얼굴과 복부에서 화끈한 통증이 전해져 왔다.

'빠르다.'

그랬다.

빨랐다.

빨라도 너무 빨랐다. 눈에 보이지도 않을 정도로. 아무리 오크가 타고난 전사라고는 하지만 수없이 많이 축적된 경험과 사각을 이용해 접근해 오는 권각을 막아내기에는 문제가 있었다. 그리고 애초에 카툼이 아무리 그레이트 마스터가 되었다고는 하지만 아론은 그보다 두세 단계는 훌쩍 뛰어넘은 상태.

마나를 쓰지 않는다고 해도 결코 어찌할 수 있는 수준이 아니었다. 그 순간 아론의 팔이 움직였다.

'좌측 관자놀이!'

휘어져 들어오는 주먹을 정확하게 파악한 카툼. 몸을 살짝 틀어 빗겨내고 아론의 품속으로 뛰어들었다. 주먹과 발을 사용할 수 없도록 가깝게 붙어서 싸우겠다는 의도였다. 하나 아론은 현란한 스텝을 밟아 뒤로 훌쩍 물러나더니 무언가 시커먼 게 카툼의 얼굴에 작렬했다.

콰직!

"커헉!"

카툼의 얼굴이 홱 돌아가며 격한 신음이 흘러나왔다. 하지만 아론의 공격은 거기에서 끝나지 않았다. 한 번 물면 놓지 않은 악어처럼 한 번 잡은 기회를 놓칠 리 없는 아론이다. 멀찍이 떨어졌던 아론이 어느새 가까이 다가와 있었다.

자세를 바로잡으며 아론을 바라보는 카툼. 순간 그는 등골이 서늘해짐을 느꼈다. 아론의 입가에 맺힌 미묘한 미소를 본 것이다.

'이건……'

위험하다는 생각이 드는 그 순간 아론의 모습은 사라지고 허벅지와 복부에 참을 수 없는 고통이 수반되었다.

"허억!"

그 고통에 입을 쩍 벌리며 방어 자세가 흐트러지는 그 순간 옆구리에 아론의 발등이 틀어박혔다.

"컥!"

외마디 비명이 들려왔다. 그러함에도 카툼은 무너지지 않았다. 그는 필사적으로 몸을 웅크렸다. 지금은 호흡을 하기도 힘들었다. 그만큼 아론의 각력은 강력했다. 그가 짧게 숨을 가다듬고 주먹을 내질렀다.

아론은 슬쩍 몸을 틀었고, 다시 열린 옆구리에 카툼은 무릎 공격을 허용했다. 그럼에도 아론의 공격은 아직 끝나지 않았다. 몸을 돌리며 팔꿈치로 날갯죽지를 가격하고, 밤주먹으로 관자놀이에 바짝 붙은 상태에서 발을 들어 올려 발뒤꿈치로 정수리를 가격했다.

"크윽!"

카툼이 할 수 있는 것은 신음을 흘리고 맞아주는 것밖에 없었다. 그 와중에도 위험천만한 찍기는 고개를 살짝 비틀어 피했지만 그렇다 하더라도 아론의 발뒤꿈치는 빗나가지 않고 카툼의 승모근을 둔탁하게 가격했다.

퍼억!

"억!"

천근 거석이 찍어 내리는 듯한 느낌에 무릎이 굽혀졌다. 하나 아론은 그것마저도 허락하지 않고 편 주먹으로 턱 아래에서 위로 올려쳤다. 카툼은 경황 중에도 화들짝 놀라 얼굴을 피했으나 편 주먹의 날카로운 경력이 코를 스치고 지나가며 코피가 터져 나왔다.

"후욱!"

화가 난 카툼은 맞든 말든 아랑곳하지 않고 곧바로 아론의 어깨를 잡고 그대로 업어치기를 했다. 하지만 아론은 마치 미꾸라지처럼 빠져나와 사뿐하게 대지에 중심을 잡고 섰다.

"허억! 허억!"

불과 몇 번의 부딪침이었는데 카툼은 몇 시간 동안 싸운 것처럼 거친 숨을 내쉬며 땀으로 범벅되었다. 그에 반해 아론은 땀은커녕 호흡조차 거칠어지지 않았다. 아론은 조용히 카툼을 바라봤다.

그가 호흡을 가다듬을 시간을 주는 것이다.

"괜찮겠나?"

"나는 아직 지지 않았다."

"그래, 그런 호기는 좋지. 그럼 2라운드를 시작해 볼까?"

아론의 그 말에 호기롭게 지지 않았음을 외친 카툼은 왠지 모를 불안감이 스멀스멀 피어올랐다. 그들의 대결을 바라보고 있는 얀센은 속으로 혀를 찰 수밖에 없었다.

'저 양반 저거 악취민데. 아예 작살을 내려는 모양이군.'

얀센은 알고 있었다. 아론의 저런 웃음은 정말 위험했다. 자신도 저런 웃음에 넘어가 그를 형님으로 모시고 있는 것이다.

'쯧, 머지않아 오크 친구 하나 생기겠네. 형님에게는 오크 동생이고.'

CHAPTER 8

하나

　얀센이 팔짱을 낀 채 둘의 대결을 보고 있는 동안 카툼과 아론은 서로를 향해 달리기 시작했다. 카툼은 어느 정도 자신만의 권역에 들어온 아론을 향해 주먹을 날렸다.

　툭!

　하지만 아론은 간단한 손동작으로 카툼의 주먹을 살짝 빗겨가게 했고, 이 정도는 어느 정도 예상했다는 듯이 즉시 다른 주먹으로 아론의 몸통을 가격하고 들어왔다. 아론은 살짝 몸을 틀어 카툼의 주먹을 피해내고 무릎으로 카툼의 복부를 가격했다.

카툼은 두 손을 모아 손바닥으로 아론의 무릎 공격을 막아 냈으나 손바닥을 통해 전해져 오는 통증에 이를 꽉 깨물었다. 생각 이상으로 다가오는 충격이었다. 하지만 그렇다고 그냥 이 대로 있을 수는 없었다.

근접 거리까지 다가온 아론을 향해 두 팔을 벌려 그의 허리를 움켜잡으려 했다. 아론은 허리를 살짝 틀어 그의 공격권에서 벗어나면서 발등으로 카툼의 오금과 허벅지를 강타했다. 아주 가볍게 툭툭 차는 그의 행동에 카툼은 알 수 없는 분노가 일어났다.

얄밉지 않은가? 전사라면 이래서는 안 된다.

"크허어엉!"

그는 크게 함성을 지르며 대지를 박차 아론을 향해 달려들었다. 하지만 아론은 다시 달려오는 카툼을 툭 건드려 중심을 흐트러뜨리고 주먹과 발을 날리기 시작했다. 이제는 뒤로 빠지거나 얄밉게 툭툭 차는 게 아니었다.

근접 거리에서 주먹과 팔꿈치, 그리고 무릎과 발을 이용해 카툼을 두드리기 시작했다. 카툼은 최대한 웅크린 채 아론의 공격으로부터 충격을 최소화하려 했지만 아무리 그렇다 하더라도 소나기처럼 쏟아지는 아론의 공격을 모두 막아내기는 힘들었다.

아론의 공격은 어느새 태권도에서 권투로 변해 있었다. 보디부터 시작해 관자놀이, 머리까지 아낌없이 주먹을 퍼부어대고 있었다. 카툼은 본능적으로 몸을 이리저리 움직여 아론의 주먹을 피해봤지만 소용없었다.

쩌억!

"큽!"

그때 살짝 빈 카툼의 얼굴을 향해 날카로운 송곳 주먹이 꽂혔고, 카툼의 거구가 휘청거리며 뒤로 물러났다. 그때 아론의 주먹이 아래에서 위로 치솟아 올랐다.

쩌억!

나무가 쪼개지는 듯한 소리가 들려오며 카툼의 고개가 크게 뒤로 젖혀졌다. 그에 순간적으로 몸 전체가 훤히 드러났고, 아론은 그의 복부와 옆구리에 아낌없이 주먹을 퍼부었다.

"꺼억!"

휘청거리던 카툼이 엉덩방아를 찧으며 넘어졌고, 아론은 노도와 같이 그에게 달려들어 파운딩 자세를 잡고 정신없이 가격하기 시작했다. 막아보려 해도 막을 수 없었다. 아론의 주먹은 송곳처럼 꽂혀들었고, 마침내 카툼은 들어 올린 두 손이 힘없이 떨어져 내렸다.

우뚝!

마지막으로 주먹을 날리려던 아론의 주먹이 허공에서 멈췄다. 카툼은 이미 정신을 잃은 상태였다. 그 모습에 회색 오크들은 입을 쩍 벌릴 수밖에 없었다. 특히나 모부투의 경우는 상상조차 할 수 없는 광경에 놀라지 않을 수 없었다.

지난 한 달간 카툼과 블랙해머는 자신들을 미칠 정도로 괴롭혔다. 사실 그가 카툼에게 머리를 숙인 이유는 그의 무력이 단단히 한몫을 했다. 그는 적어도 카툼은 현재 회색 오크 대족장인 드렉타스와 엇비슷한 수준의 괴물일 것이라고 생각했다.

그런데 그런 카툼이 그냥 맞고 있었다. 맞다 못해서 기절했다.

'저게 말이 돼?'

말도 안 된다. 그런데 그 말도 안 되는 일이 바로 눈앞에서 벌어졌다. 그러하기에 벌어진 입이 다물어지지 않았다.

'내가 저런 인간에게 덤벼들었으니…….'

나르골 역시 마찬가지였다. 아론이라는 인간이 강하다는 것은 인정했다. 하지만 설마하니 카툼을 기절시킬 줄은 몰랐다. 아론은 일어서서 피를 흘리며 기절해 있는 카툼을 슬쩍 본 후 회색 오크들을 훑어봤다.

"또 있나?"

나직한 아론의 물음에 그 누구도 선뜻 앞으로 나서지 않았다. 아니, 그냥 제자리에 뿌리를 내린 듯 꼼짝도 하지 못하고 있었다. 그때 팔짱을 끼고 있던 얀센이 움직여 기절해 있는 카툼의 볼을 툭툭 건드렸다.

모르는 사람이 보면 분명 그냥 볼을 두드리는 것과 다르지 않았다. 하지만 얀센은 아니었다. 볼을 톡톡 치면서 마나를 그에게 불어넣고 있었다. 아무리 그레이트 마스터라고 하지만 기절할 정도로 맞았다면 뇌에 충격이 갈 만큼 갔다는 거다.

마나를 불어넣으면서 뇌를 달래고 제멋대로 날뛰는 마나를 다스렸다. 그러기를 몇 번 반복하자 기절해 있던 카툼이 나직한 신음을 흘리며 깨어나기 시작했다.

"끄으응!"

눈을 살짝 뜬 그는 왜 자신이 누워 있는지 모르는 모습을 보였다. 그러다 이내 피식 웃었다. 자신이 왜 누워 있는지 생각났기 때문이다. 피식 웃은 후 그는 힘겹게 상체를 일으켜 세웠다.

"후우~"

"괜찮나?"

얀센이 물었다. 그에 카툼은 슬쩍 얀센을 바라보며 입을 열었다.

"알고 있었나?"

"미안하게 됐군."

"쩝. 그레이트 마스터에 오르고도 주먹에 맞아 기절할 줄은 몰랐군."

"그나마 나은 거지."

"더한 경우도 있나?"

"뭐, 가끔."

말을 흐리면서 카툼을 외면하는 얀센. 그에 카툼은 짐작할 수 있었다. 바로 얀센과 제라르가 생각났기 때문이다. 얀센도 얀센이지만 제라르는 소드 마스터였음에도 그레이트 마스터 못지않은 실력을 가지고 있었다.

'그 실력이 괜히 만들어진 것이 아니로군.'

그는 단번에 얀센과 제라르, 그리고 용병들의 실력이 왜 그렇게 뛰어난지 깨달을 수 있었다. 그는 힘들게 자리에서 일어나 아론에게 고개를 숙였다.

"졌소."

그렇게 말을 한 후 허리를 쭉 펴고 오크들을 바라보며 외쳤다.

"나는 막고라에서 졌다! 승복할 수 없는가?"

"아닙니다."

"허면 이제부터 나는 인간 아론을 대족장으로 인정한다!"

카툼의 파격적인 발언에 오크들이 웅성거렸다. 그런 카툼의 말에 아론은 피식 웃었다.

'곰의 탈을 쓴 여우로군.'

카툼은 자신의 말이 오크들에게 먹혀들지 않을 것이라 생각하고 있었다. 대족장이라는 것은 절대 받아들이지 않을 것이다. 그 이유는 그가 오크가 아닌 것이 가장 첫 번째였고, 둘째로는 자신들의 대족장은 오직 카툼뿐이기 때문이다.

그리고.

"그가 아무리 강하다 해도, 그가 막고라에서 승리했다고 해도 그는 결코 오크들의 대족장이 될 수 없소."

"그러한가? 그렇다면 이것은 어떤가?"

"무엇을 말합니까?"

"나는 전사로서 그에게 졌다. 인정하는가?"

"인정합니다."

"또한 대족장으로서 그에게 도전했다. 인정하는가?"

"인정할 수 없소."

"왜인가?"

"우리에게 대족장은 단 한 명뿐이기 때문이오."

"그렇다. 하는 너희들의 대족장이다. 하지만 전사로서 그에게 패배했으니 그에게 머리를 숙일 수밖에 없다. 해서!"

"……."

오크들은 긴장한 채 카툼의 입을 바라봤다.

"인간과 오크 등 종족을 떠나 그를 나의 형님으로 모시고 싶다."

"그건……."

오크들에게는 형님이라는 것은 없었다. 위 아니면 아래가 있을 뿐. 그런데 형님이라니. 도대체 그것이 무엇인지 알지도 못했다.

"형이란 같은 부모에게서 태어난 사이이거나 동족 가운데 그 힘과 지혜가 뛰어난 자로서 주로 전사들 사이에서 많이 쓰이는 단어이다. 물론 인간들의 기준이겠지만 지금과 같은 경우는 분명 적절한 호칭이 아닌가 한다."

그때 여러 곳을 떠돌아다니고 경험이 풍부한 블랙해머가 입을 열어 설명했다. 그에 회색 오크들은 형님이란 말을 종족의 연장자나 경험이 많고 강한 전사쯤으로 인식하게 되었다.

"좋습니다."

나르골과 모부투도 동시에 수긍했다.

"나의 형님이기에 너희들은 그를 나와 같이 대해야만 한다. 인정하는가?"

"인정합니다."

"좋다, 인간 아론은 이제부터 나 회색 오크 일족의 대족장의 형님이다. 알겠나?"

"알겠습니다."

"그리고."

"……?"

"여기 있는 이 인간은 나의 친구다."

"친구?"

오크 전사에게 친구란 피를 나눈 가족과 같은 개념이다. 그런데 자신들과 비슷한 체구와 강력해 보이는 인상의 인간을 친구라 하니 아론과는 다르게 굉장히 흡족해했다. 저런 강한 인간이 자신의 대족장과 친구라니 말이다.

"인정합니다."

인정할 수밖에 없었다. 이렇게 강력한 조력자를 구하기란 절대 쉽지 않은 일이다. 거기에 대족장의 형님이라는 인간은 상상을 초월할 정도이니 말해 무엇 할까? 어쨌든 이렇게 서열이 정리되고 격정적인 시간이 지나갔다.

"그러면 우리는 어찌해야 합니까?"

나르골이 물었다.

그에 카툼이 아론을 바라봤다.

"어찌하긴, 이상한 놈 잡으러 가야지."

그에 다들 피식피식 웃었다. 아론이 말한 이상한 놈이 누군지 알기 때문이다.

"그전에 우선 조금 쉬어야겠군."

아론의 말에 오크들은 그제야 자신들이 지금까지 단 한 번도 제대로 쉬어본 적 없다는 것을 깨달았다. 긴장이 풀린 오크들은 자신도 모르게 다리에 힘이 풀리면서 그 자리에 털썩 주저앉았다.

"얀센!"

"예, 형님."

"먹을 것 좀 잡아 와라."

"알겠습니다."

"저희들도 가겠습니다."

카툼과 블랙해머도 나섰다.

"흐음!"

아론은 피곤에 절은 오크들을 바라봤다.

"블랙해머는 남아서 야영 준비를 좀 했으면 하는군. 아무래도 상당한 먹을거리가 있어야 할 것 같으니 말이야."

아론의 말에 카툼도 블랙해머도 고개를 끄덕였다. 오크들은 그 덩치만큼이나 식탐이 많기로 유명했다. 그런데 고작해야 한두 마리로는 턱도 없을 성싶었기 때문이다.

"가지."

아론은 얀센, 카툼과 함께 숲으로 사라졌다. 그들이 사라지자 블랙해머가 명령을 내리기 시작했다.

"일단 야영지를 꾸미고 불을 피워라."

"알겠습니다."

지친 와중에도 오크들은 블랙해머의 지시에 빠르게 움직였다. 그 이유는 바로 얼마 지나지 않아 편하게 먹고 마시고 쉴 수 있다는 희망이 있기 때문이다. 그리고 그동안 자신들의 머리를 짓누르고 있던 께름칙한 무언가가 사라졌으니 오히려 피곤한 와중에도 활력이 넘쳤다.

그리고 세 명은 사냥을 나간 지 30분도 되지 않아 돌아왔는데 그들의 손에는 아무것도 들려 있지 않았다. 실망의 눈빛을 보내던 오크들은 이내 화등잔만 하게 눈을 부릅뜰 수밖에 없었다. 여기저기 피워놓은 모닥불 앞에 선 아론이 스무 마리에 가까운 멧돼지, 엘크 등을 꺼내놓고 있었다.

놀람도 잠시, 오크들은 득달같이 멧돼지와 엘크, 곰 등에 달려들었다. 피를 빼고, 껍질을 벗기고, 내장을 발라냈다. 따로 분리할 필요조차 없었다. 통째로 굽기 시작했다. 그렇게 한참의 시간이 지났고, 마침내 오크들은 게걸스럽게 음식을 먹어대기 시작했다.

그때 아론이 다시 아공간에서 술을 꺼내 들었다. 그에 오크들은 고기를 먹다 말고 눈을 휘둥그레 떴다. 설마 이런 깊은 곳에서 술을 가지고 올 줄이야 누가 상상이나 했겠는가? 그것도 한두 병이 아닌 통으로 내놓고 있었다.

"우어어어~"

오크들이 울부짖었다. 도대체 얼마 만에 맛보는 술인가? 그에 흥이 났는지 오크들은 갑자기 무기로 땅을 두드리며 노래를 부르기 시작했다.

오크족 선봉군의 백만 전사야.

오크족의 부르심을 네가 아느냐.

녹색의 땅, 오천만의 우리 동족을 건질 너와 나로다.

나가 나가 싸우자. 나가 나가 나가 싸우러 나가.

오크족이 하나되어 초원과 숲을 가로지를 때까지 싸우러
나아가자.

적들이 강하다고 겁을 낼 건가.

우리가 약하다고 낙심할 건가.

투쟁의 날쌘 해머가 비끼는 곳의 이 길이 너와 나로다.

나가 나가 싸우자. 나가 나가 나가 싸우러 나가.

오크족이 하나되어 초원과 숲을 가로지를 때까지 싸우러
나아가자.

너 살거든 오크 족의 전사가 되고.

나 죽으면 오크족의 혼령이 됨이.

전사들아, 너와 나의 소원이 아니냐. 빛 내리 너와 나로다.

나가 나가 싸우자. 나가 나가 나가 싸우러 나가.

오크족이 하나되어 초원과 숲을 가로지를 때까지 싸우러
나아가자.

에리다누스와 아케론을 뛰어 건너라.

전사의 앞길을 막는 무리를 쓸어 몰아라.

오크족의 영광을 회복하는 날 만세를 부르리라.

나가 나가 싸우자. 나가 나가 나가 싸우러 나가.

오크족이 하나되어 초원과 숲을 가로지를 때까지 싸우러 나아가자.

싸우러 나아가세. 싸우러 나아가세. 싸우러 나아가세.

꽤나 긴 노래였다.

한 조가 한 소절을 부르면 다른 조가 뒤의 소절을 불렀고, 그렇게 돌고 돌아 나중에는 마치 하나가 된 듯 외치며 무기를 들어 올리거나 혹은 술잔을 들어 올리며 외쳤다. 이곳이 타베스 산의 한가운데라는 것도 잊은 채 말이다.

그때 흥에 취한 나르골이 상당히 큰 뿔로 만든 잔을 들어 아론을 향해 다가왔다. 그리고 두 손으로 아론을 향해 바쳤다. 아론이 그것이 무슨 뜻인지 몰라 멀뚱하게 바라보자 그의 뇌리에 카툼의 메시지가 들려왔다.

'형제의 잔입니다.'

'뭔 소린데?'

'종족을 떠나 형제로서 받아 달라는 뜻입니다. 오크족의 신뢰의 표시라 할 수 있습니다.'

'받아서 마시기만 하면 되나?'

'이왕이면 멋진 답가를 해주는 것도 좋습니다.'

'답가? 답가라……'

아론은 나르골이 바친 거대한 뿔잔을 받아 단숨에 들이켰다. 그에 오크들은 술잔과 무기를 들어 올리며 환호했다. 하지만 그 속에는 하나의 기대가 깃들어 있었다. 사실 아론은 지금의 상황이 나쁘지 않았다.

다른 사람이라면 어떻게 오크족과 형제의 연을 맺겠느냐 하겠으나.

'오크나 사람이나 다를 게 뭐 있다고. 코가 조금 못생겼고 생긴 것도 뭐 좀… 어쨌든 다를 뿐이다. 그리고 이들은 나에게 힘이 된다.'

그랬다.

오크들은 힘이 되었다. 일반 전사만 하더라도 소드 유저를 압도하고, 익스퍼트 하급 수준의 용병과 비등한 전투력을 가졌다. 뿔잔을 내려놓는 아론, 그리고 서서히 입을 뗐다.

먹이를 찾아 산기슭을 어슬렁거리는 트롤을 본 일이 있는가.

짐승의 썩은 고기만을 찾아다니는 산기슭의 트롤.

나는 트롤이 아니라 오크이고 싶다.

산장 높이 올라가 굶어서 얼어 죽는 눈 덮인 칼리만자로의 그 오크이고 싶다.

자고 나면 위대해지고 자고 나면 초라해지는 나는 지금 회색 숲의 어두운 모퉁이에서 잠시 쉬고 있다.

…….

나직하게 읊조리는 아론의 목소리.

그 목소리는 낙엽 떨어지는 소리조차 들려올 정도의 정적을 유지하는 이곳을 음울하고 뜨겁게 달구기 시작했다. 뭔지 모르지만 오크들은 이내 가슴이 뜨거워짐을 느끼고 있었다. 하지만 소리를 지르지는 않았다.

인간 전사의 노래는 이제 시작일지니…….

바람처럼 왔다가 이슬처럼 갈 순 없잖아.

내가 산 흔적일랑 남겨둬야지.

한줄기 연기처럼 가뭇없이 사라져도

빛나는 불꽃으로 타올라야지.

묻지 마라. 왜냐고, 왜 그렇게 높은 곳까지

오르려 애쓰는지 묻지를 마라.

고독한 전사의 불타는 영혼을

아는 이 없으면 또 어떠리.

살아가는 일이 허전하고 등이 시릴 때

그것을 위안해 줄 아무것도 없는 보잘것없는 세상을.

그런 세상을 새삼스레 아름답게 보이게 하는 건 투쟁 때문인가.

투쟁이 사람을 얼마나 고독하게 만드는지 모르고 하는 소리지.

투쟁만큼 고독해진다는 걸 모르고 하는 소리지.

…….

모두를 잃어도 투쟁은 후회하지 않는 것.

그래야 투쟁했다 할 수 있겠지.

아무리 깊은 밤일지라도 한 가닥 불빛으로 나는 남으리.

메마르고 타버린 땅일지라도 한 줄기 맑은 물 사이로 나는 남으리.

거센 폭풍우, 초목을 휩쓸어도 꺾이지 않는 한 그루 나무되리.

내가 지금 이 세상을 살고 있는 것은 회색 오크족이 간절히 나를 원했기 때문이야.

구름인가, 눈인가, 저 높은 곳 킬리만자로.

오늘도 나는 가리, 배낭을 메고.

산에서 만나는 고독과 악수하며 그대로 산이 된들 또 어떠리.

길고 긴 그의 노래가 끝이 났다. 하지만 누구 하나 함성을 지르지 않았다. 다만 몇몇의 오크는 전사로의 체통을 잊고 눈물을 흘리고 가슴 저 밑에서 끓어오르는 격정을 이기지 못해 무기를 든 손을 거세게 움켜잡았다.

아론은 슬쩍 오크들을 바라봤다. 어째 너무 조용해서 기분이 싸할 정도이다.

'뭐냐?'

혹시 뭐 자신이 잘못한 것이라도 있나 하고 아무리 생각해도 잘못한 것이 없었다. 처음 백두산에게 이 노래를 들었을 때 얼마나 가슴이 먹먹했던가? 심장이 뛰고 눈물이 왈칵왈칵 쏟아지지 않았던가?

'역시 인간하고……'

라고 생각할 즈음.

"우어어어어!"

"후!"

"후!"

"후!"

오크들이 깨어났다. 그들은 무기를 들어 올리고 주먹으로 가슴을 두드리며 격정적으로 화답하기 시작했다.

"허어~ 형님한테 이런 재주가 있을 줄은……"

옆을 보니 얀센조차도 가슴이 뜨거워지는지 눈자위가 붉어졌다.

"대단합니다. 정말 대단합니다. 어떻게 그런 전사의 노래를……."

그것은 카툼이나 블랙헤머도 다르지 않았다.

그저 듣기만 해도 손이 부들부들 떨리고 다리에 힘이 들어가며 전신에 힘이 용솟음칠 것 같지 않은가? 그리고 오크들은 다시 노래를 부르기 시작했다. 단 한 자도 틀리지 않고 한 번들은 노래를 따라 부르기 시작했다.

무려 1백 명에 이르는 오크들이 소리 높여 외치니 산천초목이 울리며 그 드높은 기세에 어둠마저 움츠러드는 것 같았다. 하지만 정작 노래를 부른 아론은 얼떨떨한 심정이었다. 반응이 없어 살짝 실망한 감도 없지 않아 있었는데 도대체 이 반응은 뭐란 말인가?

'누가 오크를 멍청하다고 했냐? 난 열 번에 걸쳐서 겨우 외웠는데.'

어쨌든 오크들은 풍부한 음식, 그리고 실로 오랜만에 마시는 술과 피를 뜨겁게 하는 출정가와도 같은 전사의 노래 덕분에 그 사기가 끝도 없이 상승하고 있었다.

'분명 나쁘지는 않은데…….'

나쁘지 않은 것이 아니라 너무 좋았다. 전사의 명예로운 전투인 막고라를 통해서 승복을 받아내기는 했지만 오크들을 수족처럼 부리기에는 문제가 있었다. 그저 카툼이 전사로서의 맹세를 했기 때문에 따랐을 뿐이다.

한데 이젠 달랐다.

그들도 온전하게 아론을 카툼의 형님으로 인정한 것이다. 또한 아론을 전사로서, 자신들이 본받아야 할 진정한 전사로서 받아들이고 있었다. 알게 모르게 존재하던 벽을 노래 하나로 허물어 버린 것이다.

"훌륭하십니다."

블랙해머가 아직도 감동이 가시지 않는다는 듯이 말했다.

"뭐 이 정도 가지고……."

"아닙니다. 그 짧은 시간 동안 오크 전사들을 한데 모으고 존경할 만한 전사로 인정받는 것은 실로 쉽지 않은 일입니다. 그런데 아론님께서는 그것을 해내셨습니다."

"그렇다면 다행이고."

"어쨌든 이로써 골가스의 남은 부대와 충분히 해볼 만해졌습니다."

"그렇게 생각하나?"

"물론입니다. 병력의 수는 조금 적을지 모르나 전사들의 사기가 충천해 있고, 저들은 적은 수이지만 두려움이 각인되었을 겁니다."

"그렇겠지."

확실히 블랙해머는 오크답지 않은 현명함을 가지고 있었다.

무식한 둠해머를 사용하고 이미 최상급에 이른 실력을 가지고 있음에도 불구하고 뛰어난 머리를 가지고 있으니 어떻게 보면 문무를 겸전했다고 봐도 무방했다.

'브라이언과 좋은 호적수가 되겠어.'

아론의 그런 생각을 아는지 모르는지 블랙해머는 지금의 상황을 정확하게 꿰뚫고 자신의 생각을 정리하고 있었다.

"전면전이라 해도 그리 밀리지 않을 겁니다. 골가스보다 강한 아론 님이나 얀센 님이 있으니 말입니다."

사실 아론 님 혼자 싸워도 될 것이라고 말하고 싶었지만 블랙해머는 꾹 참아냈다. 혼자 모든 것을 할 수는 없었다. 그래서 나눠야 했다. 그가 없더라도 충분히 이겨낼 수 있도록 말이다.

"뭐 어쨌든 우리가 합류하기로 한 지점으로 이동해야겠지."

"지금 말입니까?"

"그랬다가는 맞아 죽을 것 같군."

아론의 말에 블랙해머와 카툼은 씨익 웃었다. 오랜만의 휴식은 그들에게도 많은 여유를 가져다주고 있었다.

"어쨌든 오늘은 즐기라고. 내일부터 다시 강행군이니."

"알겠습니다."

그날 밤.

오크들은 그야말로 광란의 밤을 보냈다. 특히나 아론이 부른 전사의 노래는 1백이 넘어가는 오크들이 모두 암기할 정도였다. 거기에 얀센과 카툼, 그리고 블랙해머도 동참했음은 물론이다.

하지만 다음날 출행은 결코 미뤄지지 않았다. 그것이 전사의 기본이다. 그들은 빠르게 타베스 산을 타고 움직였고, 마침내 제라르가 이끄는 일행과 다시 만날 수 있었다.

"어억! 이게 뭐유?"

"뭐긴 뭐겠냐."

제라르의 물음에 퉁명스럽게 입을 여는 아론이다. 그리고 얀센이 달라붙어 그동안의 과정을 차근차근 설명했고, 용병들과 기사들은 이미 카툼과 블랙해머를 경험했기에 그리 어렵지 않게 오크들을 선선히 받아들였다.

물론 아직 제대로 적응하지 못한 기사도 있기는 했지만 그것은 용병들과 별개의 문제였다. 그들은 돌아갈 이들이었으나 용병들은 함께할 이들이다. 하지만 그것도 그것 나름대로 좋았다.

일단은 오크에 대한 경계심과 적개심을 흐리게 만들었고, 그들 역시 하나의 종족이라는 인식을 심어주게 되었다.

'첫술에 배부를 수는 없지.'

일단 그렇게 상황은 정리되었다. 그리고 또 묘한 것이 용병들과 오크들은 빠르게 친해지게 되었는데 그것이 다름 아닌 아론이 부른 전사의 노래 덕분이었다. 용병과 전사는 다르면서도 서로 비슷한 점이 너무나도 많았기 때문이다.

그리고 인간이기는 하지만 제대로 된 세력조차 없는 용병들과 이제 막 새로운 종족으로 거듭나고 있는 오크 전사들 간의 미묘한 접점이 동질감을 가지게 했고, 그들을 급속하게 가까워지게 만들었다.

"나쁘지 않군."

"확실히 그렇습니다."

아론의 곁에 선 카툼이 맞장구를 쳤다. 그 이유는 카툼조차도 인간과 오크가 가까워지려면 상당한 시간이 필요하다고 생각했기 때문이다. 그런데 아론은 그 시간을 아예 없애 버렸다. 적어도 인간 전체에게는 아니지만 여기 있는 용병과 기사들에게는 오크가 하나의 종족으로 인정받고 있었다.

'작은 시작일 뿐이다.'

카툼의 목표는 궁극적으로 오크가 하나의 종족으로 인정받고 인간과 유사 종족으로 서로 어울려 문화를 교류할 수 있게 만드는 것이다. 타 종족을 발아래 두고 지배하려는 드렉타스와는 근본적으로 다른 이상이라 할 수 있었다.

"형님은 재주도 좋수."

"뭔 소리냐?"

"어떻게 이런 심장을 뜨겁게 하는 노래를 아는 거유? 전생에 음유시인이었수?"

"음유시인은 무슨 얼어 죽을."

아론의 말에 픽 웃어버리는 제라르였다.

"어쨌든 팔자에도 없는 오크 형님이라니, 나 원 참."

"싫으냐?"

"좋고 싫을 게 뭐 있수. 몬스터가 아니지 않수. 우리처럼 생각하고, 우리처럼 슬퍼하고, 분노하고 기뻐하고 즐기잖수. 겉모습만 다를 뿐이잖수."

"많이 컸네?"

"뭔 소리유? 크기는 애저녁에 컸구만."

"키 말고 이거 말이다."

그러면서 검지로 머리를 톡톡 두드리는 아론이다. 그에 제라르는 피식 웃어버렸다. 확실히 자신이 생각해도 아론을 처음 만났을 때보다 많은 것이 변해 있었다. 글도 읽지 못하던 놈이 글줄을 띄엄띄엄 읽을 수 있고 소드 마스터에도 올랐다.

그리고 겨우 일곱이던 인원이 무려 8백이라는 중규모의 용병대가 되었고, 그 용병대의 주축 중의 한 명이 되었다. 과거백인장이었던 시절, 글도 제대로 읽지 못한 채 익스퍼트 하급 언저리에서 놀고 있던 자신과 비교하면 개천에서 용 난 것이나 다름없었다.

"뭐 다 형님 덕이잖수."

"네가 노력한 것이겠지."

아론의 말에 제라르는 설핏 웃은 후 다시 입을 열었다.

"의도한 거유?"

"뭘 말이냐?"

"지금의 이 상황 말이우."

"그때그때 다른 게지."

"뭔 말이우? 의도했다는 거유, 안 했다는 거유?"

"내가 그렇게 머리가 좋아 보이냐?"

"내게 있어서 형님은 전지전능한 신이유."

"그건 네 입장이고."

"아닐 거유. 저 기사들이나 오크들, 그리고 용병들에게 형님
은 신이유."

제라르의 말에 그를 빤히 바라보는 아론.

"신, 그거 별로 안 좋아하는데……."

"그러다 벼락 맞수."

제라르의 말에 검은 하늘을 바라보다 무덤덤하게 입을 열
었다.

"신이라면 벌써 꿈을 이뤘겠지."

"하늘에 있는 신 말고 이곳에 있는 신 말이우."

그러면서 가슴을 툭툭 건드리는 제라르. 그에 아론은 제라
르의 어깨를 툭툭 두드리며 말했다.

"쉬어라. 내일부터는 힘들 게다."

"알겠수."

제라르는 뿔로 만든 술잔을 들어 올리며 다시 오크, 기사, 그리고 용병들과 어울렸다. 지금 이 순간만큼은 종족이나 신분이라는 것이 없었다.

그런 그들을 바라보다 검은 하늘을 바라보며 아론이 중얼거렸다.

"초석은 다진 것인가?"

이제 시작일 뿐이다. 그래서 아직 가야 할 길은 멀었다.

*   *   *

"나르골과 모부투, 고라샨, 넬쥰 모두 연락이 끊겼습니다."

"당했다는 것인가?"

"그것은… 알 수 없습니다."

"주술사들이 다 죽은 것인가?"

"그것 역시……."

"……."

골가스는 말없이 선임 주술사인 카즈코를 직시했다.

"책임을 회피하는 것인가?"

"어찌……."

"넌 선임 주술사이기 이전에 내가 이끄는 이 부대의 책사다."

"알고… 있습니다."

"모든 결정은 내가 내리지만 그 결론에 이르기까지의 과정에 중심에 선 자는 바로 너다."

"……."

골가스의 말에 선임 주술사 카즈코는 입을 닫았다. 그는 솔직히 골가스를 인정하지 않았다. 그는 정통 오크가 아닌 만들어진 오크였다.

만들어진 오크 주제에 그가 가진 무력이 높다 하여 자신들을 노예 부리듯 하는 것이 마음에 들지 않았다.

하지만 지금은 한 발 물러서야만 했다. 그렇지 않으면 오히려 자신의 지위가 파탄날 수 있음을 알게 되었다.

"죄송합니다."

"다시 묻는다. 다 죽은 것인가?"

"그렇게 판단됩니다."

"판단의 이유는?"

"전투 중에 통신이 두절되었기 때문입니다."

"누군지는 모르지만 우리 조직을 정확하게 꿰뚫고 있는 자로군."

"그렇게 판단됩니다."

"자, 그럼 우리는 무엇을 해야 할까?"

"집중시켜야 합니다."

"그렇지. 그리고?"

"사방으로 척후를 보내 적들의 규모와 진입 경로를 파악해야 합니다."

"이제야 제대론 된 답을 내는군. 드레코."

"여기 있습니다."

"10인 일개 조로 스무 개의 척후 조를 운용하라."

"명을 받겠습니다."

9천인장 드레코는 곧바로 자리에서 일어나 막사를 벗어났다.

"타타우!"

"대기하고 있습니다."

"보급을 전적으로 책임진다."

"명을 받습니다."

10천인장 타타우 역시 막사를 벗어났다. 그에 골가스는 선임 주술사 카즈코를 직시했다.

"그리고 또 있나?"

"…주술을 준비토록 하겠습니다."

"어떤 주술인가?"

"전사의 주술입니다."

"전사의 주술이라면⋯⋯."

골가스는 이미 알고 있다는 듯이 고개를 주억거렸다. 잠시 적막이 흘렀다. 하지만 그 적막은 곧바로 끊어졌다.

"보고!"

"보고하라."

"5천인장 고라샨이 20여 명의 전사를 대동하고 복귀했습니다."

"20여 명?"

"그, 그렇습니다."

"들여보내."

"명!"

이윽고 처참한 모습의 고라샨이 막사 안으로 들어섰다.

"어떻게 된 건가?"

"매복에 당했습니다."

"한 개의 천인대를 다 잃을 정도였는가?"

"그것은⋯⋯."

차마 말을 할 수 없었다. 하지만 말을 하지 않으면 안 되었다. 말을 해야 하는데 어떻게 해야 할까?

"그들의 수가 우리 전사의 수를 두 배 이상 상회했습니다."

"두 배? 두 배라⋯⋯."

골가스는 말없이 고라샨을 바라봤다.

"우리 회색 오크 전사들이 그렇게 약한가?"

"그, 그것이……."

"아무리 매복을 했다고는 하나 고작 두 배의 적에게 패해 20여 명의 전사만 살려 후퇴한 것이 천인장이 할 짓인가?"

"주, 죽여주십시오."

"그래, 죽여야지. 그 정도로 나약한 정신을 가진 천인장은 우리 회색 오크에게 필요 없지."

"그, 그런……."

그에 고라샨은 두려움에 가득 찬 얼굴로 골가스를 바라봤다. 그에 카즈코 선임 주술사가 나섰다.

"비록 거짓이 있을 수도 있겠으나 지금은 한 명의 전사라도 부족할 판국입니다. 또한 그들의 전력을 파악하는 데 이들의 증언이 필요합니다."

"증언? 증언이라… 그런가? 마음에 들지 않는군."

"마음에 들지 않더라도 지금은 힘을 모아야 할 시기입니다."

"그런가? 그러면 한번 들어보자꾸나. 어떻게 해서 패했는지 말이다."

그에 고라샨은 마른침을 삼키며 자신이 경험한 적들의 전력에 대해 말하기 시작했다.

"그러니까……."

고라샨은 차분하게 처음부터 끝까지, 그리고 중간에 자신들을 추적해 당한 것까지 세세하게 하나도 빠짐없이 진술했다. 자신이 살기 위해서이다. 물론 선임 주술사 카즈코가 자신을 옹호하기는 했지만 골가스의 난폭함을 보면 언제 어떻게 될지 모를 일이다.

그래서 진술을 하면서도 고라샨은 식은땀을 뻘뻘 흘릴 수밖에 없었다. 그리고 그런 고라샨이 잠시 한숨을 내쉴 수 있는 상황이 되었으니 바로 또 다른 보고가 들어왔기 때문이다.

"보고!"

"무슨 일인가?"

"6천인장 넬쥰이 도착했습니다."

"넬쥰인가?"

"그렇습니다."

"들어오라 해."

"명!"

오크 전사가 물러나고 넬쥰 6천인장이 안으로 들어왔다. 하지만 그 역시 고라샨 5천인장과 별로 다르지 않을 행색이었다. 견갑은 제멋대로 깨져 있고 들고 있는 무기는 이가 빠져 있었으며 얼굴은 피와 얼룩의 잔재가 그대로 남아 있었다.

그에 골가스는 말없이 그를 바라보며 물었다.

"넬쥰, 너 또한 당한 것이냐?"

"그… 렇습니다."

"매복에?"

"그렇… 습니다."

"네가 이끄는 수보다 많았던가?"

"적… 었습니다."

"그런데도 도망쳐 왔다?"

말을 하지 않았지만 명백하게 도망쳐 온 모습이다. 골가스의 물음에 넬쥰 6천인장은 고개를 푹 숙일 뿐이었다. 어떤 변명도 할 수 없었다.

"군령을 받도록 하겠습니다. 부디 전사들은 살려주시길."

넬쥰의 말에 골가스는 잠시 고라샨 5천인장을 바라봤다. 그리고 다시 입을 열었다.

"경과를 보고하라."

"보고하겠습니다."

넬쥰 6천인장의 보고 역시 고라샨 5천인장과 별반 다르지 않았다. 아니, 오히려 더 상세해 저들이 어디서 어떻게 기습을 하고 매복을 했는지, 그리고 어떤 무력을 가지고 있었는지 너무나도 상세하게 진술했다.

골가스는 상당한 시간 동안 넬쥰의 진술을 들었고, 마침내 입을 열었다.

"고라샨의 목을 쳐라."

"사, 살려주십시오."

고라샨은 머리를 숙여 목숨을 구걸했다. 그런 고라샨의 뒤통수를 보던 골가스는 스스로 자리에서 일어나 거대한 쇠 봉을 들어 그대로 고라샨의 머리를 후려쳤다.

퍼억!

그에 비명조차 지르지 못하고 머리가 뭉개져 죽음을 맞이하는 고라샨. 그의 쇠 봉에 뜨뜻미지근한 검녹색의 피와 뇌수가 덕지덕지 묻어 있다. 골가스는 가볍게 쇠 봉을 털어낸 후 입을 열었다.

"패배는 있을 수 있다. 허나 패배를 속이고 전사들의 안위보다 스스로의 안위를 위한 오크는 있을 수 없다. 왜냐하면 우리는 자랑스러운 회색 숲의 전사 회색 오크 일족이기 때문이다."

골가스는 우렁우렁한 목소리로 으르렁거렸다. 그의 기준에서 고라샨은 비겁자였다. 그리고 절대 살아서는 안 되는 존재였다. 이런 놈들은 오히려 전사들의 사기에 악영향을 주기 때문이다.

"치워라."

그에 막사를 지키던 전사들이 다가와 죽은 고라샨을 질질 끌고 막사 밖으로 나갔다. 죽은 고라샨은 일별도 하지 않고 골가스는 넬쥰을 바라보며 입을 열었다.

"한 번 더 기회를 주겠다."

"목숨으로 기대에 부응토록 하겠습니다."

"그래, 당연히 그래야 할 것이다. 회색 오크 일족에게는 비겁자도 패배자도 필요 없으니까 말이다."

그 말을 남기고 다시 자신의 자리에 앉은 골가스. 그의 얼굴은 무표정했다. 하지만 그것은 차가운 분노였다. 7천인대와 8천인대, 그리고 3천인대와 4천인대는 소식조차 없었다.

그리고 5천인대와 6천인대는 전멸에 가까운 타격을 입었다. 그 말은 결코 적들이 만만치 않은 실력자라는 말이나 다름없었다. 골가스는 이 상황이 마음에 들지 않았다. 그저 가볍게 주변의 종족들을 복속시키고 부족을 배신한 카툼의 목을 베어버리면 그만이라 생각했다.

그래서 내심 불만도 있었다.

하지만 이제는 아니었다.

'전력을 다하지 않으면 힘들겠어.'

도대체 어떻게 인간들을 포섭했는지 알 수 없었다. 인간들이란 자존심도 강하고 오크를 종족이라고 보기보다는 그저 사냥하기 쉬운 몬스터로밖에 생각하지 않을 텐데 말이다. 그것이 의문이기는 하지만 본인이 말해주지 않는 이상 알 수 없는 일이다.

알 수 없는 일로 고뇌하기보다는 지금 현재 상황에 집중하는 것이 옳은 일이다. 하지만 자꾸 신경이 쓰였다.

'어쨌든 카툼의 최종 목표는 바로 나라는 것이겠지.'

그것은 자신을 향해 달려오고 있다는 말과 다르지 않았고, 머지않아 그와 직접 부딪치게 된다는 말과 같았다. 그에 골가스는 가벼운 흥분을 느꼈다. 강자와 싸울 수 있다는 것은 언제나 즐거운 일이다.

"기다리고 있다. 어서 와라."

『용병들의 대지』 6권에 계속…

초대형 24시 만화방

신간 100%, 샤워실, 흡연실, 수면실(침대석), 커플석, 세탁기 완비

■ 시흥 정왕25시점 ■

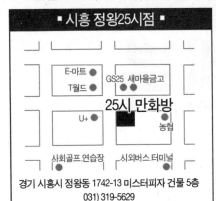

경기 시흥시 정왕동 1742-13 미스터피자 건물 5층
031) 319-5629

■ 강북 노원역점 ■

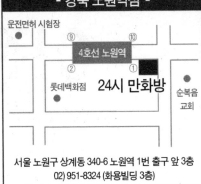

서울 노원구 상계동 340-6 노원역 1번 출구 앞 3층
02) 951-8324 (화용빌딩 3층)

■ 일산 정발산역점 ■

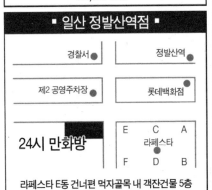

라페스타 E동 건너편 먹자골목 내 객잔건물 5층
031) 914-1957

■ 일산 화정역점 ■

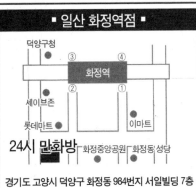

경기도 고양시 덕양구 화정동 984번지 서일빌딩 7층
031) 979-4874 (서일사우나 건물 7층)

■ 부천 역곡역점 ■

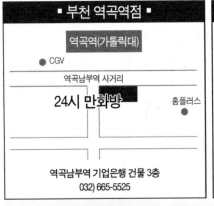

역곡남부역 기업은행 건물 3층
032) 665-5525

■ 부평역점 ■

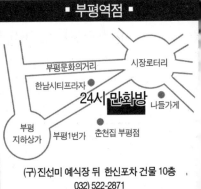

(구) 진선미 예식장 뒤 한신포차 건물 10층
032) 522-2871

미러클
테이머

인기영 장편소설

FUSION FANTASTIC STORY

MIRACLE
TAMER

이계로 떨어져 최강, 최고의 테이머가 되었다.
그러나… 남은 것은 지독한 배신뿐.

배신의 끝에서 루아진은 고향, 지구로 되돌아오게 되는데……
몬스터가 출몰하기 시작한 지구!
그리고 몬스터를 길들일 수 있는 테이머 루아진!
그 둘의 조합은……?

『미러클 테이머』

바야흐로 시작되는
테이머 루아진과 몬스터들의 알콩달콩한
대파괴의 서사시!!

Book Publishing CHUNGEORAM

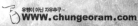

유행이 아닌 자유추구 -
WWW.chungeoram.com

FUSION FANTASTIC STORY

텀블러 장편소설

현대 천마록

천하를 호령하고 전 무림을 통합한
일월신교의 교주 천하랑.
사람들은 그를 천마, 혹은 혈마대제라고 불렀다.

『현대 천마록』

무공의 끝은 불로불사가 되는 것이라 생각했지만
그로서도 자연의 섭리 앞에선 어쩔 수 없었다!

'그렇게 많은 피를 흘렸음에도 불구하고
죽을 때가 되니 남는 것이 없군그래.'

거듭된 고련 끝에 천하랑의 영혼이
존재하지 않게 된 그 순간
그의 영혼은 현세에서 천마로서 눈을 뜬다!

Book Publishing CHUNGEORAM

유행이 아닌 자유추구 -
WWW. chungeoram.com